*O Romance
de Amadis*

O Romance de Amadis

Reconstituição do *Amadis de Gaula dos Lobeiras* (sécs. XIII-XIV) por

Afonso Lopes Vieira

martins
Martins Fontes

© 2010 Martins Editora Livraria Ltda., São Paulo, para a presente edição.
© 1995-2009 Livraria Martins Fontes Editora Ltda., São Paulo.

Grafia atualizada conforme o Acordo Ortográfico da
Língua Portuguesa de 1990, em vigor no Brasil desde 2009.

Publisher *Evandro Mendonça Martins Fontes*
Produção editorial *Luciane Helena Gomide*
Produção gráfica *Sidnei Simonelli*
Preparação *Monica Stahel*
Revisão *Denise Roberti Camargo*
Dinarte Zorzanelli da Silva

Dados Internacionais de Catalogação na Publicação (CIP)
(Câmara Brasileira do Livro, SP, Brasil)

Vieira, Afonso Lopes, 18/8-1946.
O romance de Amadis / reconstituição do Amadis de Gaula dos Lobeiras (sécs. XIII-XIV) Afonso Lopes Vieira. – 2. ed. – São Paulo : Martins Martins Fontes, 2010.

ISBN 978-85-61635-82-4

1. Vieira, Afonso Lopes, 1878-1946 - Crítica e interpretação I. Título.

10-09322 CDD-869.109

Índices para catálogo sistemático:
1. Poesia : Literatura portuguesa : História e crítica   869.109

Todos os direitos desta edição para o Brasil reservados à
Martins Editora Livraria Ltda.
Av. Dr. Arnaldo, 2076
01255-000 São Paulo SP Brasil
Tel. (11) 3116.0000
info@martinseditora.com.br
www.martinsmartinsfontes.com.br

Índice

Prefácio	....	9
I.	Perion	31
II.	Darioleta	37
III.	Elisena	43
IV.	Amadis sem tempo	47
V.	O Donzel do Mar	53
VI.	Oriana, a Sem-Par	61
VII.	Amadis de Gaula	69
VIII.	Na corte de el-rei Lisuarte	77
IX.	Arcalaus	85
X.	O primeiro beijo	89
XI.	Briolanja	97
XII.	As penas de Amadis	103
XIII.	Beltenebros	111
XIV.	A senhora da Penha	121
XV.	No castelo de Miraflores	125
XVI.	A espada e a guirlanda	131
XVII.	A canção de Leonoreta	137
XVIII.	As sete partidas	141
XIX.	Imperatriz de Roma	149
XX.	A Ilha Firme	157
Duas notas	....	165

"*O autor do* Amadis *fez alguma coisa mais que um livro de cavalaria à imitação dos poemas do ciclo bretão: escreveu a primeira novela idealista moderna e a epopeia da fidelidade amorosa, o código da honra e da cortesia, que disciplinou muitas gerações.*"

Menéndez y Pelayo

Prefácio

O romance, novela, história, livro ou conto, escrito por Afonso Lopes Vieira, nobre arauto e mantenedor do lirismo da alma portuguesa e evocador das suas mais puras manifestações, não é invenção nova, individual dele.

É a interpretação moderna, a síntese artística de uma das grandes obras antigas de fantasia que todos conhecemos, de nome e fama pelo menos: o Amadis de Gaula *(não da* França, *mas de* Gales, Wales*). Isto é: a narração das proezas e aventuras do primeiro e modelar* cavaleiro andante *das nações peninsulares que criaram o tipo. A narração, sobretudo, dos seus amores com* Oriana, a Sem-Par, *ora idílicos, ora contrariados.*

Derivado, há mais de seis séculos, de lendas bretônicas, cantadas por troveiros anglofranceses, o Amadis *chegara a Portugal na mocidade de el-rei D. Denis, nacionalizado por um meigo trovador desta costa ocidental, o qual, impulsio-*

nado acaso por atavismos célticos, talvez já tivesse redigido outros Lais de Bretanha, *traduzindo e imitando* Tristan *e* Lançarote, *que em parte subsistem anônimos, em parte desapareceram.*

O texto de fins do século XIII e princípios do XIV, breve relativamente, em prosa com certeza ingênua e hesitante, foi retocado quanto ao vocabulário e à sintaxe, ao cabo de um século; e, por haver agradado muito, seria ampliado em harmonia com os gostos cada vez mais cavalheirescos e aventureiros dos tempos das lanças em África e com o nobre idealismo da ínclita *geração.*

Avolumado e reescrito pela terceira vez antes de 1500, nos alvores da letra de fôrma, em castelhano e no estilo solene e cerimoniático do Renascimento, o Amadis *foi naturalmente impresso, não só uma vez mas numerosas vezes durante o século, e espalhado pelo mundo romano-germânico fora, tanto no original como em traduções, imitações e continuações, em que a progênie do herói (netos até a quinta geração) realiza façanhas cada vez mais maravilhosas.*

A quarta redação – a de agora – pretende ser como que a recondução do texto, por duas vezes renovado, à sua forma primitiva, verdadeiramente portuguesa.

Devido ao trabalho de um artista que é também um filólogo, os feitos de Amadis, o Namorado, *poderão ser lidos por quantos portugueses se interessem pela parte que os seus maiores tiveram na literatura mundial.*

Lidos como até hoje não fora possível: na língua dos Lusíadas. *Em vernáculo português.*

Simples, poético, de graciosa e palpitante casticidade, habilmente tocado de leve pátina de idade, conquanto sem um único arcaísmo.

De mais a mais, numa redação tão condensada e atraente que, num serão, um bom ledor pode abranger o conjunto.

De hoje em diante e, estranho como pareça, pela primeira vez.

A suposta redação primitiva, do tempo de D. Afonso III e seu filho D. Denis, nunca foi estampada. Nem se conservou manuscrita.

A incúria dos letrados da Nação deixou-a perder-se. Mal apontaram laconicamente, de longe em longe, a existência de um Amadis *português ou em português. Por isso, conhecemo-la apenas pela obra castelhana. Nesta, o* Livro I, *da Infância e Mocidade do* Donzel do Mar, *e o* Livro II, *das suas primeiras proezas e paixão secreta por* Oriana, a Sem-Par *– dissimulada, segundo a moda trovadoresca, debaixo de homenagens que ele, brincando, presta à irmãzita da princesa –, distinguem-se ambos tão notavelmente, pela sua graça e ingenuidade, dos* Livros III e IV, *que parece justo atribuí-los aos iniciadores portugueses – depois de aliviados das roupagens roçagantes em que foram envolvidos cerca de 1500.*

Além disso conhecemos, felizmente, a redação primeira de uma amostra que sobrenada, inalterada, e é a parcela mais autêntica e antiga de toda a Novela.

É o Lais que Amadis *dedicou à tal pequena e gentil senhorinha:*

Senhor genta = senhora gentil.

Leonoreta,
   fin roseta,
   bela sobre toda fror,

cantiga que se conservou entre as mil e setecentas do Cancioneiro de Colocci-Brancuti *e figura, traduzida para castelhano, no* Amadis *comum.*

Pela epígrafe sabemos, de mais a mais, que o autor se chamava Lobeira. Joam Lobeira. *Nome histórico de um vassalo do* Infante D. Afonso de Portugal, *irmão mais novo de el-rei D. Denis, senhor, em Portugal, de Portalegre e Lourinhã, e único D. Afonso de Portugal, tanto da primeira como da segunda dinastia, que durante toda a sua vida teve positivamente o título nobiliárquico de* Infante.

Por ambos os motivos indicados, deve ser o que fez a João Lobeira *a curiosa exigência de alterar as relações afetuosas de* Amadis *e* Briolanja, *conquanto desde o Dr. Antônio Ferreira (ou seu filho Miguel Leite Ferreira) seja costume identificá-lo com o primogênito e sucessor de D. Denis – D. Afonso IV, o Bravo –, vencedor no Salado e cruel castigador de Inês de Castro, por esse ser o mundialmente conhecido.*

Da segunda elaboração (do tempo de D. Fernando e D. João I, última metade do século XIV) tampouco subsiste o original. Nem traslado algum. Pelo mesmo motivo de desleixo nacional.

Há, todavia, referências em escritores de 1400. Sobretudo, uma do cronista Gomes Eanes de Zurara, que levou a atribuí-la, já proluxa *no estilo, a outro Lobeira (porventura descendente do cavaleiro João Lobeira), oriundo do Porto, segundo uns, residente em Elvas, segundo outros. Esse Lobeira,* Vasco Lobeira, *foi armado cavaleiro antes da batalha de Aljubarrota, talvez em circunstâncias tão essenciais como as do velho escudeiro* Macandon.

Outras alusões, castelhanas, fazem supor que Vasco Lobeira tinha acrescentado ao Amadis *um* Livro III, *imediatamente traduzido para os vizinhos o saborearem.*

A não ser assim, se a redação primitiva não tivesse constado de apenas dois Livros, não se compreendia que um Pero Ferruz acentuasse o haver lido a Novela em três livros, *no seu* Dezir *ao sagaz Basco, o Chanceler Pero López de Ayala (fal. em 1407), que anteriormente confessara, no seu* Rimado de Palácio, *haver-se deliciado na mocidade com as* mentiras provadas *de livros de devaneios – como* Lançarote *e* Amadis.

Apenas a terceira elaboração subsiste, por ser do tempo da letra de fôrma e, como já disse, castelhana. E impressa. Muita vez.

Obra de Garci-Ordóñez de Montalvo, Regedor da mui nobre vila de Medina del Campo, *o qual deu conta clara e insuspeita da sua atividade como acrescentador e renovador de um texto antigo, viciado por maus* escrevedores e componedores.

A edição mais antiga, da qual se salvou apenas um *exemplar (hoje no Museu Britânico), é de 1508. É, contudo, quase certo ter havido impressões mais antigas (por exemplo, uma de 1499).*

O Prólogo *manifesta-se, em referências aos Reis Católicos e à conquista de Granada, como redigido entre 1492 e 1504. No texto há, todavia, bastantes passos relativos aos tempos calamitosos que precederam o glorioso reinado.*

Esse Amadis de Gaula, *em* castelhano, *claro que é o comum, o geralmente conhecido, o que foi lido e relido na Península e fora dela durante o fecundo século XVI. E é o de que Afonso Lopes Vieira se serviu para dele extrair a matéria-prima portuguesa.*

Estampado mais de vinte vezes antes de 1588; continuado até constar de doze Livros, cada um com título e herói específico; imitado em outros ciclos de Cavalaria; dramatizado em Portugal por Gil Vicente numa bela tragicomédia; transposto em epopeia romântica na terra de Arios-

to; traduzido para as principais línguas vivas, e mesmo para aquela morta que é praxe chamar sagrada (c. 1540, Livro I, em Constantinopla, pelo impressor hebraico Eleazar Ben Gershom Soncino), esse Amadis *ficou sendo um dos livros prediletos de fantasia, tanto em cortes, palácios e solares como em casas burguesas, hospedarias e celas de frades e freiras, lido e relido pelos reis, fidalgos, letrados, artistas e santos.*

Gostavam dele, e das continuações, Carlos V e Francisco I, que instigou Nicolas de Herberay, Seigneur des Essarts, *a torná-lo conhecido em França; Santa Teresa e Inácio de Loyola; Diego de Mendoza e Simão da Silveira; Montaigne, Ariosto, Torcato Tasso.*

*E realmente a obra de Montalvo não é só grande em extensão (*Quatro Livros, *a que o próprio acrescentou ainda o* Quinto, *de* Esplandian, *1510); é grande também em valor espiritual e estético. De fértil inventiva, notável eloquência e suficiente saber clássico, o* Regedor *delineou excelentes descrições de batalhas, combates individuais, vitórias, encantamentos e coisas maravilhosas, que pecam todavia por serem demasiadas, assim como copiosas exemplificações, admoestações e exclamações moralizadoras, destinadas a neutralizar os venenos que podiam escorrer dos casamentos clandestinos, filhos expostos e amores levianos.*

Fulminado, por causa dessas pechas, por teólogos e filósofos como profaníssimo, lascivo, sensual; *como* mentiroso *por verdadeiros historiadores; como* corruptor de costumes *por educadores, o* Amadis *foi, ainda assim, muitas vezes enaltecido como* Doutrinal de Cavaleiros *e* Roteiro de Príncipes. *Não faltam anedotas sobre as lágrimas vertidas à morte de* Amadis, *por famílias inteiras, nem sobre golpes de espada distribuídos na Índia pelos muitos que julgavam reais as façanhas descritas na Novela e queriam igualá-las.*

Sobretudo, foi o idealismo amoroso *de* Amadis *que impressionou os quinhentistas. Foi a admirável combinação, que há nele, de uma audácia e heroicidade a toda prova, em perigos e guerras, e, na paz, de mesura discreta, suave melancolia e sentimentalidade meiga, qualidades que estavam em contraste abençoado com a bárbara rudeza de costumes, documentada em numerosas façanhas registradas nos* Livros de Linhagens. *Por isso não acabam os louvores a* Amadis, o casto, Amadis, o leal, Amadis, o bom amador!

Em Portugal acarinharam-no como coisa própria. Em Espanha, creio que influiu poderosamente na constituição do Português Namorado, *aquele que de amor se mantém – gabado, mas também às vezes ridicularizado em epigramas, como chorão em demasia, e de devoção quimérica ou mesmo idolátrica pela Mulher! No estrangeiro estimavam em especial o influxo benéfico que o exemplo de* Amadis *exerceu na vida social.*

La più bella e forse la più giovevole storia favolata; uma das melhores novelas do mundo, *distinta pela sua* vaga invenzione *ou* leggiadra vaghezza: *assim podemos conglobar os louvores essenciais que lhe foram tributados, até em 1605 D. Miguel de Cervantes matar* Amadis, *e com ele todos os cavaleiros andantes – a golpes de ironia.*

Mas o próprio criador imortal do Dom Quixote *teceu elogios calorosos à Novela. Salvou-a da fogueira, como* única na sua arte.

E, parodiando várias cenas, como a da penitência, deu-lhes a imortalidade que o gênio comunica mesmo àquilo que parece destruir.

Nos nossos dias, foi o maior e melhor conhecedor das literaturas peninsulares, e em especial da Novela (de quem, de resto, é a linda frase citada), foi Menéndez y Pelayo quem glorificou o Amadis *na preposição seguinte:*

"Sin el vértigo amoroso de Tristan, sin la adúltera pasión de Lanzarote, sin el equívoco misticismo de los héroes del Santo Graal, Amadis es el tipo del perfecto caballero, el espejo del valor y de la cortesia, el dechado de vasalos leales y de finos y constantes amadores, el escudo y amparo de los débiles y menesterosos, el brazo armado o puesto al servicio del orden moral e de justicia".

No meio-tempo entre Cervantes y Pelayo, apontarei apenas uma sentença de Goethe, o olímpico, que, em carta a Schiller, confessa en-

vergonhar-se por haver conhecido tarde livro tão excelente.

Creio que bastarão estes três excertos para recordar aos admiradores de Afonso Lopes Vieira o mérito excepcional da obra que ele hoje lhes restitui na sua intensa modernização.

Para ambas as categorias, censores e encomiastas, o Amadis *era naturalmente* castelhano, *conquanto o próprio Montalvo nada tivesse dito no seu* Prólogo *a respeito da linguagem do texto antiquado e corrupto que corrigira e polira, nem a respeito do autor (e, mesmo escrevendo castelhano, esse podia ser português).*

Somente os mais cultos investigadores, peninsulares e estrangeiros, sabiam da tradição que atribuía a Novela (o primeiro e o segundo texto sem distinção) a um Lobeira[1].

Prova (única, bem pouco firme) de que em Portugal certos patriotas lamentavam a passagem da invenção nacional para Espanha, temo-la num trecho das Antiguidades de Entre-Douro-e-Minho, *do Dr. João de Barros. Falando de portuenses ilustres, o autor nomeia Vasco Lobeira como inventor do* Amadis *(n.b. erroneamente em quatro livros!) e acrescenta:* mas, co-

---

1. Mal documentada, embora, pela menção de um manuscrito, entre 1450 e 1460 (Zurara); outro (ou o mesmo), na Casa de Aveiro em 1598 (Miguel Leite Ferreira); e, em 1726, denunciado à Academia de História pelo Conde da Ericeira, como tendo sido catalogado em 1686 entre manuscritos do Conde de Vimieiro.

mo estas coisas se secam em nossas mãos, os castelhanos lhe mudaram a língua e atribuíram a obra a si.

Os palacianos e letrados – incluindo o próprio Barros, que, no seu Espelho de Casados, *critica, de resto, as fábulas de* Amadis *– sabiam, todavia, perfeitamente, que a fama mundial do Livro de Cavalarias provinha dessa sua passagem à então universal língua do Império de Carlos V, em que o Sol não se punha.*

Dos fatos alegados: a grande raridade e, depois, o desaparecimento total do suposto Amadis português, *e a existência e propagação rápida da redação castelhana; e, pelo outro lado, a falta de todo o antigo nome de autor* castelhano *e a importantíssima, conquanto vaga, tradição secular sobre a autoria dos* Lobeiras; *e ainda de vários outros pontos duvidosos ou problemáticos – como a hesitação entre* João *e* Vasco *Lobeira, um* Pedro *e outro* João *e* Vasco *modernamente descobertos –, nasceu, em volta das origens e da evolução do* Amadis, *uma das polêmicas literárias mais prolíficas que conheço – ventilada entre portugueses e espanhóis, mas em que entraram também, no século da crítica histórica, franceses, alemães e ingleses*[2].

---

2. Quanto a Montalvo, ele é *Garci-Rodriguez* em 1508 (Saragoça); *Garci-Ordoñez*, 1511, 1526, 1533; *Garci-Gutierrez*, 1510 e 1542, nas *Sergas de Eplandian*.

Complicada e atraente, tanto pelo aspecto nacional e psicológico, como pelo lado literário e filológico, a Questão do Amadis *já era no século XVI coisa de mistério.* Segredo que poucos sabem – Invenção de um mouro latinado – Obra de Santa Teresa – De uma dama portuguesa – Do segundo Duque de Bragança, *na opinião da Senhora D. Caterina, filha do Infante D. Duarte, enunciada em conversa com o embaixador Luis Zapata. Fábulas, todas elas, sem base alguma!*

Entre os pontos discutidos do texto, que se ligam ao problema das origens, há dois que reforçam, corretamente interpretados, a fé nos Lobeiras: *o de* Briolanja *e o de* Macandon, *o escudeiro que, encanecido, recebeu a ordem da Cavalaria.*

O *primeiro caso, o leitor o conhece certamente:* Amadis, *moço de vinte anos, reconquista o reino e o trono da deserdada* nina hermosa. *Mas não cede aos desejos da romântica e apaixonada donzela, que ignora a sua lealdade ideal e verdadeiro amor por* Oriana.

O Senhor Infante D. Afonso de Portugal – *suserano de João Lobeira, a meu ver, e mais realista e positivista do que o poeta cujo plano psicológico ainda não percebera – pretendeu alterá-lo, e exigiu, cheio de piedade pela menina, em harmonia com os processos grosseiros dos* Livros de Linhagens, *que, rudemente embora romantica-*

Em teoria podia eu apontar, nos Doutrinais de Cavaleiros, *referências a homens estrênuos que tinham entrado em centenas de combates e assistido à tomada de outros tantos castelos, sem terem recebido a ordem da Cavalaria.*

E, praticamente, podia assinalar exemplos.

Não deve, quem trata do Amadis, *confundir os combatentes do século XIII e XIV com os moradores da corte de D. Manuel e D.João III.*

Quanto à cronologia, o Dezir *em que Villasandino menciona o velho escudeiro, "que depois dos sessenta começou a correr tormenta e a ser cavaleiro armado", é de 1396; e Vasco Lobeira, dizem que faleceu em 1403 (data que, todavia, nunca vi documentada).*

Com relação à nacionalidade *da Novela (abstraindo das raízes escondidas no subsolo céltico e das canções de gesta em língua picarda etc.), pronunciaram-se a favor de Espanha, por causa da existência do texto de Montalvo e das alusões temporãs a figuras da Novela, os distintos hispanólogos Baret, Braunfels e Baist, e os ingleses de hoje que ainda mencionarei, sem considerar quão contraproducente é a falta de todos os elementos* nacionais *na Novela.*

A favor de Portugal, ligando importância não só aos argumentos externos, mas também aos internos, e abrangendo nos seus estudos, com simpatia igual, a Península inteira, declaram-se Milá y Fontanals, Gaston Paris, F. Wolf, Southey –

antes que João Lobeira fosse conhecido como autor do Lais de Leonoreta.

Depois de 1880, foi, sobretudo e decididamente, Menéndez y Pelayo (nas Origens da Novela*), como já ficou dito.*

"Havia na Península hispânica alguma raça mais preparada que a de Castela para receber o influxo do Amadis de Gaula*?", perguntou uma vez. E respondeu: "Só uma existia, afastada nas regiões ocidentais, e cujos poetas haviam dado carta de naturalização, pela primeira vez entre nós, aos nomes de* Tristan *e* Iseu". *No mesmo sentido, alega ainda o misticismo de Nunálvares Pereira, a imitar Galaaz, e o cavalheirismo de D. João I, a fazer de Rei Artus no sítio de Cória, equiparando os seus cavaleiros aos da Távola Redonda; a sentimentalidade racial; a mesura, discrição e delicadeza dos costumes; as finezas e cortesias de Portugal, que a* Bela de Ticiano, *a Imperatriz D. Isabel, levou à corte de Carlos V.*

Entre nós, foi T. Braga quem defendeu com maior entusiasmo, desde 1873, a mesma tese, afirmando, como a autora destas linhas, que, se o Amadis *deixou de pertencer a Portugal, continuou, ainda assim, a ser* português, *pelo lirismo tão bem revelado na combinação preciosa entre a alma suave e a valentia heroica.*

Pessoalmente, tentei deduzir conclusões das relações mútuas, literárias, entre Espanha e Portugal.

O português (que, em regra, tem o dom das línguas e ouvido musical finíssimo) entende a sonora língua do centro com as suas cinco vogais claras e expressivas e lê com facilidade textos de lá, sem precisar de traduções.

O castelhano, pelo contrário, tem dificuldade em apanhar as trinta vogais diferenciadas do português. E conhece da literatura portuguesa exclusivamente o que luso-castelhanos ou galego-castelhanos lhe vertem ou nacionalizam.

No futuro e indispensável livro sobre a intercultura dos dois países, já muito bem preludiado, deverá ser feita a análise das prosas arcaicas, para verificar se o Graal, *o* Merlin, *o* Lançarote, *o* Vespasiano, *o* José-ab-Arimatia, *a* Clemência, *a* Vita Christi *etc., passaram de português para castelhano, ou de castelhano para português.*

Aqui, basta notar que as duas mais notáveis controvérsias sobre a autoria de obras-primas – não meras traduções como as arcaicas que citei, mas criações de arte – estão decididas, de há muito, a favor de Portugal: a da Castro e Nise lastimosa *e a do* Palmeirim de Inglaterra.

Ultimamente, foram três ingleses, de minucioso saber e critério penetrante, que examinaram de novo a Questão do Amadis, *empenhados, como os demais, em apurar a verdade – G. S. Williams (1909, na* Revue Hispanique, XXI*); Henry Thomas, em* Spanish and Portuguese Romances of Chivalery, *1920; e Aubrey F. G. Bell, em* Portuguese Literature, *1912. Avaliando os argumentos positivos e deixando de lado os psicológicos, esses chegaram a uma forma mais dubitativa ainda para Portugal do que os críticos precedentes:*

Talvez português a princípio, o *Amadis* passou a ser castelhano cerca de 1500 ou anteriormente – *resultado que, apesar de tudo, não alterou nem creio alterará a fé dos que, como Afonso Lopes Vieira, procuram e encontram nos primeiros Livros do* Amadis *a alma portuguesa, o lirismo racial.*

Maravilha, e coisa de mistério na linguagem dos antigos, é que, sendo assim e embora sempre o acarinhassem como seu, nenhum português se lembrasse até hoje de restituir à pátria o tesouro que, na sua fidalga prodigalidade, ela deixara escapar das suas mãos.

Ficou reservada essa gloriosa missão – é tempo de o acentuarmos – a um dos verdadeiros lusíadas de hoje; poeta de lirismo nativo e poeta capaz de se identificar, por afinidades naturais ou eletivas, com o trovador João Lobeira *(João Pires Lobeira de Alvim), do século XIII, e com o cavaleiro* Vasco Lobeira, *do século imediato, como já se havia identificado com Mestre Gil Vicente, nacionalizando o* Monólogo do Vaqueiro.

Gloriosa missão, na verdade, mas melindrosa e difícil, e que exigia uma intuição luminosa, um gosto seguro.

Nas circunstâncias peculiares do Amadis, *não havia outro processo possível senão o de novamente escavar da única redação existente, castelhana e tardia, as partes que, criticamente decompostas, pareciam ser a matéria-prima portuguesa.*

As outras partes, acrescentadas por Montalvo às duas primeiras sobrepostas, era preciso eliminá-las. E elas eram tantas, que a compilação enchia um in-fólio enorme – igual a um volume inteiro da edição Rivadeneyra (o XL), quatrocentas e algumas páginas de duas colunas, a sessenta linhas cada!

Cento e trinta e cinco capítulos, para cuja leitura fatigante só têm ânimo, no século que corre, raríssimos especialistas, em noites enfadonhas de invernia.

O renovador cortou, por isso, em primeiro lugar, os excursos moralizadores do filosofante Regedor de Medina del Campo.

Suprimiu as repetições de aventuras e feitos; os enredos inúteis; numerosas figuras secundárias.

Procurando as linhas construtivas *da Novela, reduziu a poucas as batalhas e os duelos do cavaleiro andante; sem excluir o maravilhoso, desenvolveu com breves traços o que lhe pareceu essencial:* o elemento humano, o caráter lírico *da Novela. Portuguesmente lírico.*

Com esse fim, e para combinar intimamente aquelas aventuras que conservou, introduziu de longe em longe algumas alterações, que em nada afetam a autenticidade da obra; uma reminiscência da História Trágico-Marítima, *outra do romance da* Nau Caterineta, *dois versos do* Crisfal, *uma quadra popular, um dito trovadoresco.*

Tudo isso realizou-o Afonso Lopes Vieira, depois de repetidas leituras e investigações de quatro anos, no verão de 1922, no seu Bom-Retiro de São Pedro de Moel. Com entusiasmo varonil e intensa comoção intelectual, reduziu os cento e trinta e cinco capítulos de Montalvo a vinte, atraentes e atados de modo que constituem um todo perfeito: lógico e artístico, fremente de vida.

Igual à Novela *de João Lobeira e Vasco Lobeira?*

Exatamente, com certeza que não. Mas quanto possível.

Sendo dos Lobeiras, é também de Afonso Lopes Vieira o Romance de Amadis, *pelo que o viveu e sentiu com apaixonada devoção. E, como a construção, assim a linguagem é toda dele.*

Invocando os manes do poeta-cavaleiro que escreveu o Lais de Leonoreta, *dirige-se ao público, chamando-o com o tradicional* ouvide *dos troveiros: e dá-lhe, dá-nos a todos, a quintessência do* Amadis, *pondo em destaque tudo quanto é vivo e humano no velho texto; e, dentro do humano, particularmente o núcleo sentimental:* o amor-adoração.

Amor-adoração à portuguesa, de modo algum mole e derretido, antes obstinado como expansão incoercível das forças do caráter, que o verdadeiro cavaleiro que ama conscientemente submete às leis da Ordem.

Do extensíssimo Livro de Cavalarias *de 1500, o arauto e mantenedor do lirismo português, sem nada falsificar, alterando apenas as proporções entre os feitos do cavaleiro e o idealismo amoroso, tornou portanto a fazer a "heroica e amorosa canção" que ele fora nos séculos XIII e XIV.*

Bem haja pelo serviço que prestou às Letras pátrias.

Oxalá a Nação e o estrangeiro lho agradeçam como merece.

Porto, 31 de dezembro de 1922.
Carolina Michaelis de Vasconcellos

I. Perion

Senhores, ouvide o Romance de Amadis, *o Namorado*. Escreveu-o um velho trovador português, mas depois um castelhano, trocando-lhe a língua e o jeito, da terra lusa o levou. Porém as mais nobres mentes de Espanha já por nosso o dão.

Em Portugal tem a segunda pátria o espírito heroico e amoroso da Távola Redonda.

E o conto é de amor fino e fiel, de português amor, rendido como ele é só.

Ao começar o Romance, invoco a memória do cavaleiro-poeta que o compôs, para que me alumie. Invoco a alma do Portugal que aprendeu com Amadis a ser gentil e forte e a prezar a flor da Honra.

E vós que amais com amor heroico e fiel, que amais o amor, ouvide a história como eu a senti.

Não muitos anos depois da Paixão do nosso Salvador e Redentor Jesus Cristo, houve na

Pequena Bretanha um rei, por nome Garinter, bom cristão e de lhanas maneiras.

Teve este rei duas filhas, de sua mulher, boa dona. A mais velha casou com Languines, rei de Escócia; e a essa se chamou a *Dona da Guirlanda*, porque de uma grinalda mui rica quis seu marido que ela sempre cobrisse os formosos cabelos, tanto gosto lhe dava olhá-los; e por filhos houveram Agrajes e Mabília, de quem menção se fará.

A outra filha, chamada Elisena, era muito mais linda que a irmã e tão virtuosa, que parecia ser Deus o único senhor capaz de estimar tal criatura. Bem haviam pedido a sua mão muitos príncipes dignos de a esposar, os quais demandavam a corte da Pequena Bretanha, sabedores da formosura e virtude que nela resplandeciam.

– Filha – dizia-lhe el-rei Garinter, a quem dava desgosto esta isenção da infanta –, estou já de muitos dias e quisera, antes de dar contas a Deus, deixar-te segura nas voltas do mundo.

Porém ela só aos gozos da religião se inclinava, sem mostrar outro fito que o do Céu. E tanta esquivança deu azo a que a apelidassem *Devota perdida*.

Ora, este rei Garinter, quando o tempo ia brando, saía algumas vezes a montear, para espalhar cuidados. Uma vez que se apartara dos monteiros e pela espessura andava a rezar suas Horas, viu um cavaleiro que com dois outros pelejava, nos quais reconheceu dois vassalos, de quem, por soberbos e descorteses, el-rei muitas queixas havia. Mui bravo era o que acometia sozinho os dois juntos, pois, com tão natural galhardia se guardava e investia com eles, que da sua parte mais parecia desenfado que peleja, seguro como se achava de si o cavaleiro desconhecido.

El-rei Garinter, que se arredara, olhava o combate desigual, no fim do qual foram mortos os maus vassalos.

Isto feito, veio o cavaleiro a el-rei e, vendo-o só, perguntou-lhe:

– Bom homem, que terra é esta em que os cavaleiros são salteados?

– De isso não hajais espanto – retrucou el-rei –, que em todas as terras bons e maus cavaleiros há; e desses que dizeis muitos tinham agravos, e até seu mesmo rei.

– A esse rei quero falar – tornou o cavaleiro –, e, se sabeis onde para, peço-vos que o digais.

Não quis el-rei manter por mais tempo o engano. E respondeu:

– Pois, seja como for, sabei que tal rei eu o sou.

Ouvindo estas palavras, entregou o cavaleiro ao escudeiro o escudo e o elmo e foi abraçar el-rei Garinter, dizendo-lhe que era el-rei Perion de Gaula e que muito quisera conhecê-lo. Ao som deste nome, deveras folgou o senhor bretão. Conhecia ele Perion por sua fama alta e honrada, pela bravura e gentileza da sua cavalaria, as quais, sendo aquele rei moço como era, tão celebradas andavam por todos os reinos da Pequena e da Grã Bretanha. E, do coração, deu-lhe as boas-vindas. Ledos se juntaram os senhores e dispuseram-se a procurar os monteiros, para se recolherem à vila de Alima, donde el-rei Garinter partira para montear.

Prosseguiam os dois, discorrendo sobre coisas aprazíveis. El-rei Garinter ouvia com gosto quanto lhe ia dizendo o senhor de Gaula, em cujas palavras a cortesia emparelhava com o nobre juízo.

– Tão moço é ainda – pensava o da Pequena Bretanha –, e assim na bravura é ousado como na mente esclarecido. Ditoso será o pai que a este houver de dar filha!

Súbito, pelo caminho saltou-lhes um veado escapo da montaria e atrás do qual correram os reis, a fim de o lancear. Mas um leão, que das brenhas saíra, alcançou o veado, atassalhou-o e pôs-se a olhar sanhudo os cavaleiros, como quem preara coisa que julgava ninguém disputaria.

Vendo o quê, desmontou el-rei Perion do cavalo, que a vista do leão espantara:

– Pois não há de ser teu! – disse Perion.

Sem que o estorvassem as vozes de el-rei Garinter, com as quais lhe pedia não desse batalha a tão bruto inimigo, Perion endireitou à fera, com o escudo embraçado e a espada na mão. Logo o leão deixou a presa e, furioso de ver que o contestavam, arremessou-se contra quem lhe negava os direitos de tomador. Juntando-se ambos, o leão o teve debaixo, prestes a esquartejá-lo. Mas el-rei, não perdendo o ânimo no apuro, ensopou-lhe a espada no ventre e o matou.

Perto soaram as buzinas dos monteiros, que logo vieram e rodearam a seu senhor.

E do que viu se admirou el-rei Garinter, entre si dizendo que não sem causa el-rei Perion era tido pelo mais esforçado cavaleiro do mundo.

II. Darioleta

Carregados em dois palafréns o leão e o veado, para a vila se encaminharam com grande prazer os senhores; do que sendo avisada a rainha, de muitos e ricos atavios se enfeitaram os paços e foram postas as mesas. Quando foram comer, sentaram-se a uma mais alta os dois reis e a rainha, com Elisena em outra a par desta; e ali foram servidos como em casa de tão bom senhor convinha.

Mas, sendo a infanta assim virtuosa e el-rei Perion tão alto cavaleiro, em tal hora se olharam, que o grande recato dela não pôde tanto que de mui grande amor presa não fosse; e Perion também da infanta, pois seu próprio coração livre o havia. De maneira que um e outro todo o tempo ali estiveram fora de si. Recolhendo-se a rainha à sua câmara, levantou-se Elisena e, caindo-lhe do regaço um anel que tirara para se lavar, a fim de o apanhar se baixou, quando Perion o tomou e lho deu.

No dar e receber o anel, as mãos deles encontraram-se e Perion apertou a da infanta, que, olhando-o com amorosos olhos, lhe agradeceu, corando.

– Ai, senhora! O último serviço não será que vos eu farei, pois toda a vida a quero empregar em vos servir!

Tão turbada se foi Elisena, que a vista quase perdia. Desconhecia-se a si própria a infanta. É que o efeito do amor, em alma tão isenta, ia lavrando com dobrado lume.

Não podendo calar dor tão nova, descobriu seu segredo a uma donzela de quem muito se fiava e se chamava Darioleta. E, com pranto dos olhos e mais do seu coração, pediu-lhe conselho sobre como poderia saber se Perion amava outra mulher, e se aquele amoroso rosto, com que a estivera olhando, seria prova de amor igual ao seu. Pasmou a donzela com tal mudança em pessoa para quem estas coisas eram tão desusadas. Teve por caso peregrino que assim, de súbito, quisesse saborear o humano, quem até ali desdenhara de alguma vez o provar. Porém logo prometeu servi-la, vendo que o amor não deixara em sua senhora lugar para caberem razão ou aviso.

Determinando-se, pois, a ajudar sem detença a nova enamorada, encaminhou-se Darioleta para a câmara de el-rei Perion, a tempo que o escudeiro ia levar os vestidos do seu senhor. Pediu-lhos a donzela, dizendo que ela mesma os levaria.

Tomando por maior honra o que a seu senhor se fazia, deu-lhos o escudeiro. E Darioleta, entrando na câmara de el-rei, por esse foi reconhecida como a donzela da infanta:

– Boa donzela, que me quereis?
– Senhor, dar-vos de vestir.
– Nu de alegria está meu coração.
– Mas por quê?
– Porque sempre livre fui, a esta terra livre vim, e agora, em casa de vosso senhor, ferido estou de ferida mortal. E, se para ela remédio me achásseis, eu vos daria bom galardão.

Respondeu Darioleta que contente seria de servir a tão bom senhor, se soubesse em quê. Ora, Darioleta sabia muito bem aquilo em que poderia servir a el-rei Perion. Mas alegrava-se de o ouvir falar do amor que Elisena lhe merecia, comparava as palavras dele com as que lhe ouvira a ela, e tudo ia encaminhando ao ponto que desejava.

Respondeu-lhe el-rei:
– Se me prometeis, como leal donzela, guardar segredo do que vos eu disser, descobrindo-o só onde de razão, então direi.

E, prometendo-lho Darioleta, disse-lhe que vivera até ali sem haver empregado o coração, costumado a correr aventuras, mas não a penar cuidados; que em forte hora olhara a grande formosura de Elisena, cuja presença lhe havia ensinado o que era o verdadeiro amor, pois tão cuidoso estava agora, que se julgava a ponto de morrer, e enfim que morreria se algum remédio não achasse.

Tornou-lhe a donzela:

– Se me prometeis, como rei, guardando em tudo a verdade a que mais obrigado sois, de, a seu tempo, a tomar por mulher, então eu farei coisa que não só o coração vos contente, mas também o dela, onde mora amor igual ao vosso. Porém, se o não prometerdes, por mulher a não lograreis, nem vossas palavras haverei como de honrado amor.

El-rei Perion, que obedecia também ao mando de Deus para que tudo sucedesse como adiante ouvireis, pôs a mão na cruz da sua espada e jurou:

– Juro nesta cruz e espada, com que a Cavalaria recebi, de isso fazer que me pedis, donzela, e quanto por vossa senhora requerido me for.

– Pois folgai ora, que eu farei o que vos disse!

Buscando a infanta, contou-lhe o que com el-rei Perion concertara e repetiu-lhe as palavras de tão seguro amor que tinha ouvido a el-rei.

Elisena abraçou-a, tomada de uma alegria como jamais a havia iluminado:

– Minha amiga verdadeira! Mas quando soará a hora em que em meus braços aperte aquele que por senhor me foi dado?

Explicou-lhe Darioleta que, dando a câmara de el-rei Garinter para o pomar, a ela iriam seguras quando todos estivessem dormindo.

E, lembrando-lhe Elisena que, na mesma câmara, el-rei, seu pai, dormia, a donzela prometeu que tudo faria bem.

Quando caiu a noite, Darioleta apartou-se com o escudeiro de el-rei Perion e perguntou-lhe quem era a mulher que seu senhor amava com entranhado amor.

– O meu senhor – respondeu o escudeiro – a todas ama, mas a nenhuma como dizeis.

Ficou a donzela contente de receber esta resposta, que tão bem se ajustava com o que a tal respeito lhe havia dito el-rei Perion.

Neste ponto acercou-se el-rei Garinter e, vendo os dois conversando, perguntou à donzela que tinha ela que dizer àquele escudeiro.

– Por Deus, senhor, eu vo-lo direi: ele me chamou e disse que seu senhor costuma dormir sozinho em sua câmara, e vossa companhia certo o estorvará.

El-rei Garinter, muito honrado com o seu hóspede e querendo que ele se achasse bem, foi dizer a el-rei Perion que, levantando-se a matinas, por ter muito em que cuidar, o deixaria só para estorvo lhe não fazer.

Quando Darioleta viu que os reposteiros levavam de ali a cama de el-rei Garinter, foi contar à infanta quanto sucedia.

– Boa amiga – disse-lhe Elisena –, creio que Deus assim o quere! O que parece agora erro será ao depois grande serviço seu.

E deste modo estiveram elas, até que todos foram dormir.

III. Elisena

Como tudo estivesse sossegado e o ermo silêncio da noite lhes fosse aconselhando ânimo, a donzela encaminhou a infanta e saíram ambas ao pomar. Fazia um luar muito claro.

Darioleta, olhando Elisena, abriu-lhe o manto, remirou-lhe o corpo, que ela trazia nu, só com camisa, e disse, rindo:

– Senhora, em boa hora nasceu aquele que vos vai ter!

Sorriu a infanta e tornou-lhe:

– Amiga, dizei antes que bem-aventurada fui em me dar Deus tal senhor.

Com passadas tão cautas quanto lho ia pedindo o melindre da empresa, foram as duas andando à surda, sob a Lua.

Perion, com a queixa do coração e a esperança que a donzela nele lhe fora plantar, não havia podido dormir. Caíra em modorra e sonhava. Padecia aflito os tratos que lhe estavam dando, pois é maravilha da mente representar-nos tão vivo o que só nela própria se engenha. Sonhava que alguém entrara por uma porta falsa naquela câmara, sem que se ele pudesse defender do inimigo agora vindo à sua ilharga.

Este fora-se ao que ali jazia e abrira-lhe as costas com as mãos, remexendo até lhe agarrar o coração.

– Por que me fazeis tal crueza? – dizia Perion, a labutar nas vascas do pesadelo.

Afogado em dor, vira el-rei o seu próprio coração levado a uma janela, donde fora lançado às águas de um rio.

Enquanto el-rei Perion pelejava no sonho, a infanta e a sua guia haviam chegado à porta da câmara. Elisena tremia toda. Ao tocarem na aldrava, o ferro tiniu. Perion acordou espavorido e benzeu-se.

Neste ponto iam entrar as donzelas, e, havendo-as ele sentido, temeu-se de traição e saltou do leito, empunhando a espada contra os vultos.

– Senhor, isso que é? – segredou-lhe Darioleta.

Reconhecendo então Elisena, foi tomá-la Perion nos braços. Darioleta disse à infanta:

– Ficai, senhora, que, ainda que vos defendestes de muitos, e ele de muitas também se defendeu, mandou Deus que vos não defendêsseis um do outro.

E, vendo a espada de el-rei, tomou-a em sinal da jura feita e saiu.

Perion, olhando Elisena à luz das tochas que ardiam, parecia-lhe que nela se ajuntara toda a formosura do mundo.

Antes da alva romper, veio Darioleta pela infanta e, indo as duas dormir, nada se soube em palácio.

Assim, por espaço de dez noites se amaram Perion e Elisena. Em cada uma guiava Darioleta a infanta até a câmara onde os desígnios do Senhor se cumpriam.

Por isso o Senhor juntara os dois, mudando para tal fim a um e a outro: a ele, tirando-lhe a liberdade com que correra aventuras; fazendo-lhe a ela baixar os formosos olhos à terra. Em uma noite, perguntou Elisena ao seu amigo:

– E, quando vos fordes, que há de ser de mim?

Respondeu-lhe el-rei, sentindo já também a dor da próxima ausência:

– Quando me eu for, deixo-vos o coração, e ele, junto ao vosso, nos dará forças, a vós para esperar um tempo, a mim para cedo tornar.

Ao cabo daqueles dias el-rei Perion acordou e forçou sua vontade, decidindo-se a partir. Bem se pode dizer que acordara, porque o verdadeiro amor, ao encher coração de homem, de tal sorte o eleva e embala, que o livra do peso do mundo. Além da pena principal que lhe fazia o deixar Elisena, sentia el-rei outro grande cuidado, e este lho dava o sonho que tivera. Queria saber como os sábios do seu reino entenderiam aquilo do coração deitado ao rio, pois, desde que tal coisa sonhara, não havia podido recobrar o ânimo seguro.

Despedindo-se de el-rei Garinter, com palavras de muita cortesia, e tendo ouvido outras de grande estimação, quando quis cingir a espada, não a achou. Não se atreveu a pedi-la, o que muito lhe custava, porque era boa e formosa.

E partiu daquele reino.

Porém antes falara com Darioleta, com quem desabafou a pena em que ia e lhe contou aquela em que sua senhora ficava.

–Ai, minha amiga, eu vo-la recomendo como ao meu próprio coração!

E, tirando do dedo um formoso anel, de dois iguais que trazia, deu-lho para que lho levasse por seu amor.

IV. Amadis sem tempo

Com que saudade e dor Elisena ficou do seu amigo! Em tão breve tempo, e tão pouco propensa como havia sido às coisas do amor, provara a infanta toda a alegria e toda a pena. Só falando com Darioleta algum alívio achava. Passando foram os dias, uns menos tristes que outros, porém povoados todos de cuidados. O mais do tempo levava-o Elisena a cismar, e, recolhida na própria alma, ia escutando as vozes das lembranças, que são consolo e amargura de quem lhes dá ouvidos. Até que a infanta se sentiu grávida, perdendo o comer e o dormir e a sua formosa cor.

Cresceram então os temores, e não sem grande razão, porque era lei naquele tempo que não escapasse à morte, por maior que fosse seu estado e senhorio, mulher que cometesse culpa.

Culpa, não a cometera Elisena, pois o que el-rei Perion jurara sobre a cruz santificava para Deus o amor que haviam. Mas isto era para Deus, não para os homens. E durou esta lei cruel até a vinda do mui virtuoso Rei Artur, que a revogou ao tempo em que matou Floyan em batalha, às portas de Paris.

Mas aquele poderoso Senhor Deus, por cuja permissão todas estas ações se faziam para seu santo serviço, tão discreta tornou Darioleta, que a donzela tudo remediou, como agora ouvireis.

Havia em palácio uma apartada câmara de abóbada, sobre um rio que por ali passava, e ao rés do qual se abria uma portinha de ferro, por onde às vezes as donzelas entravam na água para folgar.

Por conselho de Darioleta, pediu Elisena esta câmara a seus pais, a fim de melhorar a saúde e rezar suas horas, sem que a estorvasse ninguém, levando Darioleta para que a servisse. Tendo-lho eles consentido, ali se aposentou a infanta, e alguma coisa descansou de seus temores.

Um dia, perguntou à donzela que se havia de fazer ao que nascesse.

– Quê, senhora? Que padeça para que vos livreis!

– Ai! Santa Maria! E como deixarei matar o que aquele que mais amo fez?

– Disso não cureis – tornou-lhe a donzela –, porque, se a vós matassem, a ele não poupariam.

Mas o coração da que ia ser mãe é que se não podia conformar com tais juízos. Do fundo das entranhas, Elisena exclamou:

– Ainda que eu como culpada morra, não quero que o inocente padeça!

– Pois grande loucura seria que, para salvar coisa sem proveito, vos perdêsseis e a vosso senhor, que viver sem vós não poderia. Mas, vivendo ambos, outros filhos vireis a ter, que a pena deste vos farão passar.

Como à donzela era Deus quem a guiava, antes do aperto quis o remédio. Buscou quatro tábuas tão grandes, que com elas fez uma arca do comprimento de uma espada, e com betume as ligou tão bem, que toda a água vedavam.

Mostrando a Elisena o que fizera, disse-lhe que a seu tempo saberia para que era aquilo.

A pobrezinha respondeu-lhe:

– Pouco se me dá saber o que se faz ou se diz, que perto estou de perder minha alegria e meu bem!

Doeu-se de pena a donzela, vendo-a tão triste e chorando, pois bem lhe custava ter de ser crua por força. E foi-se para que a infanta a não visse também chorar.

Pensava Elisena em Perion, de quem não houvera mais novas. E, embora cresse no amor dele e em que ele nunca a esquecia, pesava-lhe muito a ausência, para mais em tão incerta hora.

Uma vez, perguntou a Darioleta:

— Por que não virá o meu senhor?

Sossegou-a a donzela, respondendo-lhe o que a infanta a si mesma dizia quando cuidava naquela ausência:

— Senhora, por tudo será, menos porque vos esqueça, pois no juramento feito sua palavra empenhou.

Não tardou muito que a Elisena chegasse a hora de ser alumiada; e, como não podia gemer, dobradamente sofria.

Enfim quis Nosso Senhor que um filho nascesse, e, tomando-o a donzela nos braços, viu que era vivo e formoso!

Porém logo tratou de fazer o que convinha, segundo o que antes determinara: batizou o menino como se fora em artigo de morte, e, depois de o embrulhar em ricos panos, trouxe a arca.

Elisena, abraçada ao filho, não entendia estes preparos:

— Que ides fazer?

— Pô-lo aqui e deitá-lo ao rio!

A mãe apertava-o ao peito, chorava que se matava:

— Meu menino! Meu rico filhinho!

Mas o temor do risco em que se achavam aguçava a ligeireza da donzela.

Darioleta escreveu num pergaminho: *Este é Amadis sem tempo, filho de Rei.* O nome era o de um santo de muita devoção, a quem o encomendou; e dizia "sem tempo" porque cuidava que ele ia logo morrer.

Pendurou a carta ao pescoço do menino, e Elisena enfiou na mesma fita o anel que Perion lhe havia dado. Deitado o menino na arca, puseram-lhe ao lado a espada de seu pai – e a donzela deitou a arca ao rio...

Como a corrente era forte, depressa chegou ao mar. E, sendo já manhã, aconteceu um daqueles sucessos que Nosso Senhor ordena quando lhe apraz.

No mar navegava uma nau em que um cavaleiro de Escócia partia da Pequena Bretanha, com sua mulher, que dera à luz pouco havia; e de bordo viram a arca e mandaram recolhê-la. Trazida esta pesca de nova feição, o cavaleiro, que se chamava Gandales, abriu a arca e viu o menino, sorrindo, deitadinho ao lado da espada.

– Este é filho de algo. E que espada formosa!

Apertou-o ao peito, com dó e encanto do que, por milagre, assim lhe vinha.

Maldizia o cavaleiro a mãe que a tal criatura pudera enjeitar e pediu a sua mulher que o criasse. Logo esta lhe deu o seio da ama que a seu filho Gandalim aleitava e onde o menino mamou com vontade, do que os bons senhores se alegraram.

Era brando o coração de Gandales, e também o de sua mulher. Custoso seria, com efeito, não sentir piedade de quem fora deitado às ondas em tão frágil embarcação, mal havia aberto os olhos para sorrir ao mundo cru. E logo a bordo da nau o menino foi querido, no que o ajudava o mistério de sua origem.

Assim foram Gandales e os seus navegando até Antália, cidade de Escócia, e, de ali partidos, chegaram a um castelo que tinham e era dos bons do reino.

Aí foram criando o menino como seu filho. E todos creram que o era, porque pelos marinheiros nada se soube, tendo eles navegado a outras partes.

V. O Donzel do Mar

Partindo el-rei Perion da Pequena Bretanha, como já se vos contou, quanta saudade de sua senhora havia! Pelo caminho por onde antes tinha ido solto, voltava agora cativo. É que também Perion, como Elisena, viera a conhecer o que até ali havia ignorado: o verdadeiro amor. E também ele pensava na infanta, temendo que se ela achasse em perigo.

Chegado que foi ao seu reino, enviou recado aos homens-bons para que lhe mandassem os mais sabedores, a fim de lhe explicarem um sonho que tivera.

Vieram os vassalos mui desejosos de o ver, que de todos el-rei era querido; e, depois que tratou das coisas do reino e do que à sua fazenda cumpria, a cada um despachou para as suas terras. Passado tempo, chegaram a palácio três homens entendidos naquilo que el-rei tornava cuidoso, por serem práticos na leitura dos astros. Tendo-os levado à capela, onde lhes fez jurar que toda a verdade diriam, sem lhe esconderem dura verdade, contou-lhes el-rei o sonho, guardando-se de dizer onde e como o tivera. E começaram os mestres a futurar. Com as razões dos primeiros não pôde Perion satisfazer-se: tão embrulhada saía a explicação, que não entrevia luz o entendimento. Ungan, o Picardo, que era o mais avisado, sorria de ouvi-los e, quando lhe chegou a vez, começou de dizer:

– Senhor, porventura vi eu já coisas que é melhor guardar para nós.

Saíram os outros, conforme o desejo mostrado. Quando ficou só com el-rei Perion, Ungan, o Picardo, falou-lhe assim:

– Ora vos posso dizer, senhor, o que encobris: amais e já vossa vontade cumpristes. O sonho do coração deitado ao rio, quere dizer que na água será achado um filho que haveis de ter.

Agora sabei que o donzel que em casa de Gandales se criava, e ao qual chamavam o Donzel do Mar, em tanta formosura crescia, que a todos maravilhava.

Uma vez, indo Gandales seu caminho, apareceu-lhe uma donzela que lhe disse:

– Ai, Gandales! Se muitos altos senhores soubessem o que eu sei, cortavam-te a cabeça...

Pasmou o bom cavaleiro.

Acrescentou aquela:

– Porque em tua casa guardas a morte deles.
– Donzela, por Deus rogo vos expliqueis!

Então ouviu Gandales tais palavras maravilhosas:

– Digo-te que aquele que achaste no mar será a flor da Cavalaria: fará tremer os fortes, humilhará os soberbos, defenderá os agravados, e tudo obrará com honra. E será também o cavaleiro que com mais bela lealdade há de manter seu amor!

– Ah! senhora, dizei-me quem sois!

– Sou Urganda, a Desconhecida, mas não me busques que me não acharias.

E, ao passo que assim dizia, de moça formosa se mudou em velha trôpega. Isto vendo, teve Gandales a Urganda por uma daquelas mulheres que possuem saber de sortes e encantamentos, conhecem a virtude das palavras, das águas e das ervas e guardam o segredo de manter mocidade, beleza e poderio.

Voltando ao castelo, tomou Gandales nos braços o Donzel e beijou-o, com lágrimas nos olhos.

E o menino, que tinha três anos e era formoso à maravilha, quis enxugar o pranto do bom senhor, do que este se alegrou, pensando que na velhice lhe seria doce.

Quando o Donzel fez cinco anos, deu-lhe Gandales um arco à sua altura e outro a seu filho Gandalim, com os quais os fazia atirar.

E assim o foi criando até que ele fez sete anos.

A este tempo el-rei Languines, de jornada no seu reino, albergou-se com a rainha no castelo de Gandales, que lhe ficava em caminho.

Mas os donzéis mandou-os Gandales para um pátio, no propósito de que olhos alheios não vissem o que, cioso, guardava. Ora, a rainha, olhando de um eirado, viu-os embaixo jogando e, entre eles, o Donzel do Mar, de cuja formosura tanto se maravilhou, que chamou as aias para que o admirassem também:

– Vinde cá e vereis a mais linda criatura que nunca foi vista!

Estavam a rainha e as aias debruçadas a admirar o que viam, enquanto os donzéis iam atirando ao arco.

O donzel formoso, que parecia senhor dos outros, não só por lindeza e garbo, senão porque trazia vestes mais ricas, foi-se a uma bica de água beber e, enquanto se arredou, um, mais crescido, quis atirar a Gandalim o arco com que este atirava.

– Acode-me, Donzel do Mar! – gritou Gandalim.

Logo o mais pequeno se foi ao maior e, como o visse lutar com Gandalim, bateu-lhe com o arco na cabeça e derribou-o. Saiu o donzel ferido, a fim de se queixar ao aio; e, vindo este com as correias para dar castigo, ajoelhou o Donzel do Mar e disse:

– Mais quero que me castiguem que ver padecer meu irmão.

Do eirado onde estava, a rainha viu tudo. E tanto se agradou do rasgo do Donzel como se admirou do seu nome e maravilhou de sua formosura. Neste ponto chegava el-rei, acompanhado de Gandales; e perguntou a rainha:

– Dizei-me, Gandales, é vosso filho aquele formoso donzel a quem chamam o Donzel do Mar?

Sobressaltou-se o coração do bom senhor, vendo já descoberto o que ele, por acautelado, escondera. E respondeu pouco seguro, como quem nunca mentia:

– Senhora, sim...

Continuou a rainha, curiosa:

– E por que tem tal nome?

– Porque no mar nasceu, quando eu tornava da Pequena Bretanha.

– Pois, amigo, não se parece convosco – disse a rainha, sorrindo e pensando que o seu vassalo Gandales, se era muito abastado em bondades, pouco devia à formosura.

– Chamai-o para que eu o veja – prosseguiu ela.

Dissimulando a nenhuma vontade com que o fazia, mandou Gandales chamar o Donzel do Mar.

Logo que ele veio e ajoelhou diante da rainha, disse esta a Gandales:

– Sou eu que o quero criar!

Dorido no coração e escondendo as lágrimas, perguntou Gandales ao Donzel:

– Queres ir com a rainha, meu filho?

Pôs este os olhos em seu senhor e respondeu, com firmeza de varão:

– Irei aonde me mandardes, mas vá meu irmão comigo.

– Nem eu o deixaria! – acrescentou Gandalim, que o acompanhava.

– Senhor – disse Gandales a el-rei –, tão amigos são um do outro, que haveis de os levar aos dois.

Chamou el-rei Languines seu filho Agrajes e, mostrando-lhe os donzéis, recomendou-lhe:

– Filho, quero que sejas muito amigo destes, pois que muito o sou eu do pai deles.

Mas, vendo el-rei os olhos de Gandales rasos de água, sorriu do seu vassalo:

– Amigo, nunca eu cuidei que tão louco fôsseis!

– Senhor, não o sou tanto quanto cuidais.

Então, a sós com seus senhores, pediu Gandales lhe perdoassem o haver encoberto a verdade, ao que o levara o mimoso amor que votava àquele que havia criado e amava como a filho. E contou-lhes a história do Donzel: de como o tinha achado boiando no mar com uma espada formosa, de como julgava que ele vinha de grande linhagem e o que havia profetizado Urganda, que o bom senhor tinha por fada.

Com cativado respeito, como quem ouvia coisas em que a vontade do Céu se entremostrava, iam os senhores escutando o que lhes contava o bom vassalo. Também seus corações movia ao amor a história do menino deitado às ondas.

– Por meu o quero, se vos apraz – disse a rainha. – E, pois Deus tanto cuidado teve em o guardar, razão é para lhe querermos mais.

Porém Gandales é que se não consolava de saber que o Donzel se iria de sua casa, na real companhia.

– Filho formoso – pensava ele –, que tão cedo começaste a correr perigo e aventura, a quem logo amei quando te vi na arca, deitadinho ao lado da espada, e agora vais servir quem talvez devera servir-te, Deus te abençoe e eu chegue a ver as maravilhas que te prometidas são!

Passados dias, partiram.

Criava a rainha o Donzel do Mar como a seu próprio filho Agrajes, e afeiçoara-se-lhe Mabília como terna irmã.

De tão bom engenho era ele, que tudo aprendia melhor e mais depressa que os outros: tão certeiro cravava uma seta como lia direito umas horas ou cantava uma canção. A caça do monte tanto lhe aprazia, que, se pudera, nunca a deixara.

E a rainha queria-lhe tão grande bem, que sempre a par de si o havia.

VI. Oriana, a Sem-Par

Soube el-rei Perion, por carta de Elisena, que el-rei Garinter morrera, e, como em cada dia a lembrava com fiel amor, logo partiu ansioso de a esposar. Não a esquecera Perion um só dia, ainda que um tempo tardara; nem o juramento lhe saíra da memória, como cumpria a quem tanto zelava sua honra. Mas haviam-no demorado promessas antigas de cavaleiro, e só queria partir para receber, conforme a lei de Cristo, aquela que esposara já no seu coração, depois de pagar tais promessas, a fim de levar a alma segura. Concertados os negócios do reino e feitas as festas das bodas, vieram ao reino de Gaula, onde depressa a rainha foi querida. E de Perion houve dois filhos, que se chamaram Galaor e Melícia.

Mas quantas vezes pensava Elisena naquele menino formoso que a força das coisas lhe fizera enjeitar! Padecia de o haver perdido, mal o chegara a ter. Temia que Deus lhe não perdoasse o feito, inda que o Senhor bem vira como ela sofrera em seu coração. Doía-lhe a maldade de haver exposto aquela vida às ondas do mar, em cujo deserto escumoso havia perecido, por força, a tenra criatura. Via-o deitadinho na arca, sorrindo a quem lhe estava preparando a morte, e tão esperto e lindo como quem vinha viver para em tudo vencer e brilhar! E, muitas vezes, rodeada de seus filhos, entristecia a rainha com saudades do outro.

Enquanto estes casos se passavam, Lisuarte, grande cavaleiro e rei da Grã Bretanha, apartava ao reino de Escócia, com sua mulher Brisena, e de el-rei Languines e da rainha eram recebidos com muita honra.

Traziam consigo sua filha Oriana.

Ah!, senhores, dizendo este nome, bate-me o coração mais apressado!

É que, toda esta história que se vos conta, só por amor dela se pôde contar. E, entre todas as bem-amadas, nenhuma foi mais bem-amada. Nem Genevra, a quem tanto amou Lançarote do Lago; nem Brancaflor, a quem tanto quis Flores, nem a própria loira Iseu, por quem morreu Tristão de Leonis, foram mais adoradas que Oriana.

E, sobretudo, em nenhum desses amores houve a candura deste e sua graça de mocidade em flor.

A infanta ia nos dez anos e era a mais linda criatura da Terra – tão linda, que foi chamada a *Sem-Par*. Ora, como Oriana andasse enjoada do mar, el-rei Lisuarte, que navegava para o seu reino, deixou-a entregue a el-rei Languines e à rainha, dizendo-lhes que a mandaria buscar quando ela tivesse cobrado mais forças.

A este tempo o Donzel do Mar tinha doze anos e, em altura e força, mostrava quinze. Servia a rainha, mas, pois chegara Oriana, deu-lho a rainha para que a servisse.

E ela disse que o Donzel lhe agradava, e ele guardou no coração tais palavras.

De como as guardaria, esta história vo-lo mostra, porque o mais belo amor aqui deles se conta. Mas o Donzel do Mar, não sabendo o que a infantinha sentia, tinha-se por ousado em pensar nela, vista sua grandeza e formosura. E Oriana, que tanto lhe queria, não falava ao Donzel mais que a outro, por já temer que a suspeitassem. Assim viviam encobertos, e um para o outro viviam.

Ora, o Donzel do Mar, pensando em sua senhora, e que esta mais lhe viria a querer se em seu serviço praticasse grandes feitos, ou por ela morresse a praticá-los, desejou ser armado cavaleiro e de isto deu parte a el-rei Languines.

Sorriu el-rei do desejo do Donzel:

– A Cavalaria é leve de ter e pesada de manter!

E prometeu-lhe que o armaria quando azado ensejo houvesse.

Ao mesmo tempo enviou el-rei Languines recado a Gandales, a quem estas novas muito alegraram. E o bom senhor, que havia guardado como a um tesouro o anel, o pergaminho e a espada, mandou-os a el-rei, contente de saber que o Donzel tanto merecia a estima de seus senhores e desejoso de que ele sempre crescesse de bem em melhor.

Em breve chegou à corte o mensageiro de Gandales, trazendo as coisas em que se continham todos os haveres do que ia recebê-las.

– Senhor Donzel do Mar – disse o mensageiro –, vosso amo vos saúda como àquele a quem muito quere e envia-vos este anel, esta carta e esta espada, pedindo-vos que a espada useis sempre pela grande amizade que vos ele tem.

Descobriu o Donzel a espada, tirando-a do pano que a envolvia e admirado de que a não encerrasse bainha. E, tomando-a na mão, sorriu àquela luminosa nudez.

– Donzel – disse-lhe el-rei Languines, depois que com ele se apartou –, querei ser cavaleiro e vossa mesma história ignorais. Há doze anos vi eu essa espada, assim nua e formosa; e, pois hoje a tendes por vossa, vos convém saber como a haveis.

Contou-lhe então como ele havia sido achado no mar, com o anel ao pescoço e aquela espada ao lado.

– Senhor, já entendo por que meu amo Gandales me não mandou tratar por filho. Mas agora mais me convém a Cavalaria, para ganhar honra e preço como aquele que não sabe donde vem!

Ora, el-rei Perion veio neste comenos à corte de el-rei Languines, para pedir-lhe ajuda contra el-rei Abies de Irlanda, que o guerreava e lhe andava tomando terras e senhorios. Prometeu el-rei Languines ajudá-lo como pudesse; e Agrajes, que já era cavaleiro, rogou ao pai o deixasse ir também. Olhava o Donzel do Mar a el-rei Perion e nele admirava a grande fama que el-rei havia.

Olhava-o: e, à vista de el-rei, crescia-lhe a vontade de ser ilustre, mantendo-se virtuoso; de ser famoso, guardando a honra com tal apuro que nenhum bafo pudesse jamais embaciar-lha. Cismava em sua origem misteriosa, que mais o estava obrigando a ir servir, em nome de Deus, as causas da virtude perseguida, da inocência desamparada. Entre estes pensamentos que lhe vinham, não tirava de Oriana o seu melhor cuidado, e como o tiraria, se por ela, afinal, é que tudo era?

E pensava que da mão de el-rei Perion, mais que de outra nenhuma, gostaria de receber as armas.

Lembrou então que por Oriana poderia alcançar o seu grande desejo. Procurou a infanta, esperando que estivesse apartada dos mais, ajoelhou-se-lhe aos pés e disse-lhe, tremente:

– Senhora, muito queria eu pedir-vos uma mercê...

Oriana, que via ali diante quem mais que a si própria amava, sorriu-lhe graciosa e respondeu de alvoroçado coração:

– Donzel, dizei!

– Mas não sou tão ousado que pedir-vo-la possa, senão digno de fazer quanto por vós me for mandado.

– Pois tão fraco é o vosso coração, que se não atreva a pedir?

Ao ver o sorriso que o convidava a falar, ganhou ânimo o Donzel:

– Senhora, pois el-rei, meu senhor, me não quis armar cavaleiro, nunca tão bem o poderia eu ser como por mão de el-rei Perion, a vosso rogo.

Sentiu-se Oriana encantada com o desejo que animava o seu encoberto amigo. E, com o aguçado sentido que torna adivinhos os corações das mulheres, entendia que era por ela que o Donzel aspirava ao lustre e à fama:

– É a primeira coisa que me pedis, Donzel do Mar, e fazer-vo-la quero de boa mente.

Combinou Oriana com Mabília que o Donzel viria à capela da rainha, à hora em que todos estivessem recolhidos; e ficaram de mandar recado a el-rei Perion, quando este se levantasse para partir, antes da alva. Encontrando-se com Gandalim, disse-lhe o Donzel:

– Irmão, espero receber as armas esta noite. Ora dize-me se, quando eu abalar, queres ir comigo onde eu for.

– Mas eu – respondeu Gandalim – nunca vos deixarei!

Beijou-o o Donzel do Mar na face, e, encaminhando-se para a capela, quedou-se ante o altar, rezando. Pedia a Deus, pois lhe fora o Criador tão benigno salvando-o, destinando-lhe por amos tão bons senhores e mandando que ali tivesse vindo aquela por quem o seu coração batia, que no amor de Oriana e na glória das armas lhe desse mercês de vitória.

Depois que a rainha foi dormir, Oriana, Mabília e outras donzelas vieram acompanhá-lo. E, quando chegou el-rei Perion, a quem Mabília tinha enviado aviso, disse-lhe esta:

– Senhor, fazei o que vos pedir Oriana, filha de el-rei Lisuarte.

Perion olhou Oriana e achou-a formosa sem par.

Sorrindo com graça a el-rei, a infanta rogou-lhe:

– Senhor, o dom que vos peço é que façais cavaleiro o meu donzel.

Viu então el-rei Perion o Donzel do Mar, que aos pés do altar estava ajoelhado. Viu-o e maravilhou-se de sua formosura.

– Senhora – disse el-rei a Oriana –, de boa mente vos farei tal dom, primeiro porque vós o desejais, depois porque para este o pedis.

E pesar-me-ia de não ser mais rica a cerimônia, se não estivésseis presente, enriquecendo-a tanto.

Acercou-se el-rei Perion do altar e perguntou:

– Donzel, quereis receber a Ordem da Cavalaria?

– Senhor, eu o quero.

– Em nome de Deus, e que o Senhor Deus mande que tão bem empregada seja quanto vos fez formoso!

Calçou-lhe a espora direita e disse-lhe:

– Ora cavaleiro sois. Tomai a espada!

E, entregando-lha, mal cuidava que era a sua, que por perdida houvera quando se despedira de Elisena.

Oriana sorria. El-rei Perion partiu.

VII. Amadis de Gaula

Armado cavaleiro, quis o Donzel do Mar partir na mesma noite. Tardava-lhe empregar aquela espada que de tão boas mãos tinha recebido e com que havia sido achado no mar.

E olhava Oriana, a desperdir-se... Olhava-a muito, a dizer-lhe adeus até não sabia quando! Ela sentia o coração aos saltos, e os seus olhos respondiam aos dele, e tudo um ao outro descobriam.

Despedindo-se, disse-lhe Oriana:

– Donzel, por tão bom vos tenho, que vos não creio filho de Gandales...

– Senhora, no mar fui achado e vivo para vos servir!

Então Oriana encomendou-o a Deus. E Mabília, que já era e sempre havia de ser tão doce amiga dele, disse-lhe adeus também.

À saída dos paços esperava-o Gandalim, com os cavalos e as armas.

E, sem que de ninguém fossem vistos, cavalgaram e abalaram.

Pouco adiante amanheceu-lhes e, como era no mês de abril, estavam as árvores em flor e cantavam as aves à porfia. Lembrando-se da sua amiga, ia o Donzel do Mar pensando:

– Pobre Donzel sem linhagem nem bem, como ousaste escolher aquela que em linhagem e formosura todas as outras vale? Mais formosa é que o mais belo cavaleiro armado, brilha mais sua bondade que a riqueza dos maiores tesouros – e tu, pobre Donzel, não sabes sequer quem és, e só te cabe calar o amor, morrer de amor antes de o confessar!

E, com estes e outros pensamentos, cavaleiro e escudeiro meteram-se a caminho de aventuras.

Senhores, não nos demoraremos nos primeiros feitos do Donzel do Mar. Se eu vos contasse, agora ou mais tarde, todas as ações do herói, a história alongar-se-ia e encurtava-se a vontade de a ouvir.

Quando me decidi a contá-la, logo pensei em a não fazer comprida, a fim de que a escutásseis de boa mente.

Mas sabei que sem demora praticou belas proezas o moço cavaleiro, e que aquela desconhecida Urganda, que havia aparecido a Gandales para profetizar a glória do menino, lhe apareceu também a ele e lhe fez dom de uma lança.

Embarcando para a Pequena Bretanha, tempos depois foi o Donzel ter a um castelo em torno do qual se pelejava bravamente. E viu que eram muitos contra um só, que já mal se guardava de tantos golpes. Mandado por íntima força que lhe nascia do amor da lealdade, e quem sabe de que outra origem proviria, correu logo o Donzel a defender o cavaleiro cercado, derribando à sua volta muitos que o acometiam. E no cavaleiro reconheceu el-rei Perion de Gaula. Vendo-se socorrido, el-rei Perion cobrou novo ânimo, e o Donzel e ele desbarataram os covardes que haviam feito a traição e eram por el-rei Abies de Irlanda.

Quando o Donzel do Mar tirou o elmo, por muito lho pedir el-rei Perion, este reconheceu no seu salvador o moço a quem, tempos antes, dera as armas.

– Amigo, louvo a Deus de por vós haver feito o que fiz!

– Senhor, logo vos reconheci. Se vos aprouver, servir-vos-ei na guerra de Gaula e até lá não quisera eu dar-me a conhecer.

– Amigo, parece pura maravilha o que acontece!

Juntos seguiram para palácio, onde o Donzel foi agasalhado com muita honra e curado das feridas que recebera.

E logo se aperceberam para a guerra que el-rei Abies fazia àquele reino, estando já com sua hoste às portas do burgo.

Travada a batalha, por três dias pelejaram com sanha os de um e outro campo. Aos senhores de Gaula tinham vindo juntar-se os de Normandia contra os de Irlanda, e a estes levava-os el-rei Abies. Era este rei, de tão desmarcada estatura, que excedia um palmo os mais altos cavaleiros. No seu escudo figurava, em campo azul, uma cabeça de gigante decepada, em memória da que el-rei decepara àquele com quem combatera. E, enorme no seu grande cavalo, coberto com o escudo sangrento, el-rei Abies era medonho.

Num passo da batalha, quando os de Irlanda carregavam os de Normandia e Gaula e estes já recuavam, encontraram-se frente a frente o Donzel do Mar e aquele rei: e entre o fragor da peleja requereram-se os dois ao combate.

À pesada pujança de el-rei Abies respondia a esbelteza forte do Donzel, e carregavam-se ambos de golpes que amolgavam os elmos, cortavam os escudos, desguarneciam os arneses.

Resfolegando furioso sob os golpes que recebia e vendo que os que dava não derribavam aquele inimigo fino e de aço, el-rei Abies gritara-lhe:

– Tanto te desamo quanto te prezo!

Prosseguia entanto a batalha, e os de Gaula com os de Normandia carregavam agora os de Irlanda, aos quais minguava o esforço do seu rei.

Mais furiosos que antes, atacaram-se o Donzel do Mar e el-rei Abies. Desconcertava-se a rude força com tanta móbil destreza que a acometia. Rachou-se de um golpe o escudo sangrento, e Abies recuou furibundo e envergonhado, dando-se já por perdido. Enfim, um golpe o lançou do cavalo, e, vendo-o por terra, bradou-lhe o Donzel:

– Abies, dá-me a tua espada ou morres!

– Morro, mas é de vergonha! – tornou-lhe ele, rendendo a alma.

Já os de Irlanda viam perdidos os seus melhores cavaleiros, e os de Normandia e Gaula haviam desbaratado os invasores.

Ao lado de el-rei Perion, entrou o Donzel do Mar na cidade em festa.

Os moradores tinham enfeitado as janelas, e as ruas estavam juncadas de cheirosa verdura.

Ao ver passar o moço, salvava-o o povo e dizia:

– Mantenha-vos Deus, Donzel!

E exclamava, maravilhado:

– Deus! Como é formoso! O Senhor lhe dê ajuda e honra para que sempre como hoje batalhe!

Enquanto o Donzel do Mar livrava a terra de Gaula, depois de haver mantido a vida do rei dela, chegavam à corte de el-rei Languines cem cavaleiros de el-rei Lisuarte e muitas donas e donzelas, que iam buscar Oriana.

Partiu a infanta, acompanhada também de Mabília. Mas, antes, vira o pergaminho enviado por Gandales e alegrou-se de saber que o Donzel era filho de rei e se chamava Amadis.

Ora, senhores, decerto vos lembrais daquele anel que Perion deu a Elisena, no tempo dos seus amores. E, como Elisena se pejara de contar a el-rei Perion que tinha tido um filho e o deitara ao mar, desculpara-se com dizer que havia perdido esse anel. Uma vez, passando o Donzel do Mar por uma sala dos paços, viu Melícia chorando e perguntou-lhe o que tinha. A menina respondeu-lhe que perdera o anel que seu pai lhe tinha dado a guardar enquanto dormia a sesta.

Tirou o Donzel do Mar o que trazia no dedo e deu-lho para a consolar da pena em que a via.

– Mas esse é o que eu perdi!

– Não é; mas, se tanto se assemelha, melhor vos remediará.

Quando el-rei Perion quis o anel, Melícia deu-lho e calou-se. Mas Perion achou o outro, que era, como sabeis, igualzinho. Chamando à parte a menina, mostrou-lhe os dois anéis, ordenando lhe explicasse como houvera o outro e olhando-a com tão carregado cenho, que ela, temendo castigo, contou-lhe logo como houvera um deles. Então teve Perion um mau pensamento, quanto injusto e cruel para Elisena! Com o semblante mudado, buscou a rainha e, dando-lhe mostras do que suspeitava, ameaçou-a de morte.

Ouvindo Elisena a horrenda suspeita, feriu com as mãos o rosto e, chorando, não podendo mais, contou-lhe que tivera um filho e o deitara ao mar, com a espada ao lado e aquele anel ao pescoço.

– Por Santa Maria! – disse el-rei Perion. – Creio que este é o nosso filho.

Num súbito recordo, veio-lhe à memória o sonho que tivera aquela noite, quando esperava Elisena e ela viera a ele. Lembrou-se do coração deitado ao rio e viu como certo saía o que Ungan, o Picardo, havia futurado.

Foram-se logo à câmara onde o Donzel do Mar ficava; e o Donzel dormia. Mas, enquanto dormia, chorava, do que eles se maravilharam – sabei, senhores, que eram saudades de Oriana.

Olhou Perion a espada pendida à cabeceira e logo a reconheceu por sua, que nunca outra tão boa houvera.

Neste ponto acordou o Donzel do Mar, que se ergueu e ficou turbado de os ver.

– Ai!, senhor! – bradou a rainha –, acudi-me na dor que tenho!

– Senhora, se o meu serviço vos pode remediar, explicai-vos, que o farei até a morte!

– Dizei-me: de quem sois filho?

– Senhora, por Deus que o não sei. Acharam-me no mar por grã ventura...

Então exclamou a rainha, chorando:

– Vês aqui teu pai e mãe!

E, ajoelhada ante Amadis, a mãe beijou-lhe as mãos, dando graças a Deus.

El-rei Perion fez cortes e apresentou-lhes Amadis de Gaula.

Depois seguiram-se grandes festas em louvor daquele milagre que Nosso Senhor obrara, e ordenou el-rei Perion muitos jogos e alegrias e concedeu muitos dons. Sentia o povo a boa ventura que lhe viera com tal herdeiro do reino. Mas Amadis só pensava em partir. Bem fizeram pai e mãe por o guardar, tão felizes se achavam de ali ter o filho que lhes lembrava aquele amor que súbito os unira. Mas Amadis pensava em Oriana – senhores, com que saudades!

E, acompanhado do fiel Gandalim, embarcou para a Grã Bretanha.

VIII. Na corte de el-rei Lisuarte

Ia Amadis a caminho da corte de el-rei Lisuarte e de longada praticava belos feitos, de sorte que, por onde o *Namorado* passava, ficava melhorada a justiça e remediada a fraqueza.

Ora, uma noite, não achando pousada, e vindo de atravessar uma floresta, foi bater a um castelo que tinha luz e de onde saía alarido de festa, com rija matinada de quem ia bebendo.

Era o castelo de Dardan, o Soberbo, o mais fero cavaleiro da Grã Bretanha, e tão mau homem quanto esforçado em batalha. Pediu Amadis pousada, como quem, à lei da cortês hospitalidade, pretendia ali recolher-se. Porém o próprio Soberbo, respondendo das altas ameias com a soberba voz, negou-se a albergar a quem lho estava pedindo.

Enfureceu-se o moço cavaleiro, que era flor de cortesia; e a Dardan prometeu que inda em outro lugar se haviam de ver.

Ao romper de alva, e depois que passou a noite na floresta, veio Amadis a saber, por umas donzelas com quem foi de caminho, a feia história de Dardan, o Soberbo.

Amava Dardan uma dona daquela terra, a qual, resistindo ao desejo do que a requeria e valendo-se da fama de bravo que ele tinha, lhe fizera prometer ruim serviço. Porque esta dona tanto desamava a sua madrasta viúva, que queria haver por seus os bens que eram daquela. E ao Soberbo dissera a sua amiga que só dele havia de ser no dia em que a levasse à corte de el-rei Lisuarte, aí dissesse que a ela pertenciam os bens de sua madrasta e o provasse em batalha a quem dissesse o contrário. E Dardan assim o prometera fazer no seguinte dia.

Mas – prosseguiam, com lástima, as donzelas a quem Amadis ouvia estas coisas – a dona viúva não viria a ter quem combatesse por ela, pois a todos Dardan metia respeito. Alegrou-se Amadis com tais novas, e logo determinou combater com o Soberbo. E sorria de pensar que a batalha se daria diante de Oriana!

Assim foi andando até chegar a Vindilisora, que era onde estava el-rei Lisuarte. Torneando a cidade, sem que o houvessem descoberto, subiu a um outeiro; e de aí, sentado à sombra de uma árvore, via embaixo o castelo e ficava-se a olhar, com lágrimas nos olhos.

Era ali que estava Oriana: e o Namorado tanto a queria ver, que se arreceava também de a encontrar. Só por ela viera, como só por ela vivia; e agora, sabendo-a tão perto, quase quisera partir, morrendo de a não ter visto...

Mas Dardan, o Soberbo, chegara à corte para dar sua batalha.

El-rei Lisuarte, com a companhia de homens-bons, encaminhou-se para o campo cerrado. E Dardan entrou, trazendo à rédea o cavalo da sua amiga, que vinha soberba também.

– Senhor – disse ele a el-rei –, mandai entregar a esta dona o que outra guarda e lhe não pertence. E, se houver quem diga o contrário, comigo combaterá!

Perguntou el-rei Lisuarte à viúva:

– Dona, haveis quem combata por vós?

– Senhor, não – tornou-lhe ela, chorando, do que el-rei houve pena, porque era boa dona.

Olhava Dardan em roda e não via quem combatesse com ele. Todos lhe queriam mal, mas todos o temiam. E, seguro de sua fereza, esperava o juízo de el-rei, dado conforme o costume.

Então, da orla da floresta um cavaleiro saiu.

Cavalgava um formoso corcel branco, resplandecia-lhe o elmo, e as armas brilhavam-lhe à luz. À sua vista todos se maravilhavam e diziam que jamais haviam posto os olhos em cavaleiro tão belo.

O cavaleiro foi direito a Dardan, a quem dava surpresa e gosto este inimigo: surpresa porque a sua força não admitia contrários, gosto porque era bravo e apetecia lidar.

– Dardan, defendo quem tu acusas! E ora cumpro a promessa que te fiz.

Perguntou el-rei Lisuarte à dona viúva se outorgava seu direito àquele defensor.

– Senhor, sim! E que Deus o ajude!

El-rei mandou que pelejassem.

Arremessando-se de espaço um contra o outro, Amadis e Dardan quebram as primeiras lanças. Depois, como os cavalos já cansam, acometem-se à espada e dão tão feros golpes, que o aço dos elmos faísca e parece que as cabeças ardem! Começa Dardan a deter-se, e Amadis carrega-o de golpes.

– Mas quem será o cavaleiro – pensava o povo, seguindo a luta – que à força soberba de Dardan opõe tanta força gentil?

E, a alguns que o estavam vendo e reparavam no que Amadis tinha a modo de resplandecente, afigurava-se que ele seria da Cavalaria do Céu.

Sob os golpes que lhe chovem e lhe cegam a sanha, vai Dardan recuando até debaixo das janelas onde as damas assistem ao combate.

E eis que, erguendo os olhos, Amadis vê Oriana!

Ah!, senhores, podeis sentir tudo o que estas palavras guardam?

Amadis viu Oriana! Não a havia ele olhado desde a noite em que recebera as armas e em que, por causa dela e para ir merecendo o dom do seu amor, tinha partido a caminho de aventuras, cavaleiro pobre e sem nome. E voltava agora a vê-la e, de olhá-la, esquecia o fero inimigo que tinha ali diante, naquele campo cerrado.

Já Amadis fere poucas vezes, e cresce Dardan na sezão do furor! Cuida o Soberbo que a vitória é sua e a espertar-lhe a sanha, pensa que da vitória depende o haver o corpo da sua amiga, porque viera ali a manter dolo e mentira.

El-rei e o povo, que olham a batalha, por momentos descoroçoam de que ela acabe como no íntimo o estão pedindo a Deus.

É que o Namorado ergueu os olhos e não os pode desprender de onde os tem...

– Se eu morrer – pensava ele –, morro por ela e a vê-la!

Mas, ah! senhores, assim como Oriana o ia perdendo, Oriana o salvou: porque Amadis lembrou que a fraqueza podia ser julgada covardia. Então, como acordado de sonho, sente que lhe aflui ao sangue uma força invencível. Cresce para Dardan, que recua temente; arranca-lhe o elmo de um golpe, a espada cintila ao Sol, e o Soberbo rolou morto no chão!

Quando o combate acabou, com grande alegria de todos, disse Oriana a Mabília:

– Adivinha-me o coração que este cavaleiro é Amadis, pois tempo é de me ele buscar!

– Assim o cuido também – respondeu Mabília, contente de ver contente a sua amiga e por ser tão amiga de Amadis, que o era tanto ou mais que de Agrajes, seu irmão.

– Não vistes como parou, em meio do combate, a olhar para a vossa banda?

– Se vi! – tornou-lhe Oriana. – E batia-me o coração que perdia quase o acordo!

– Pois, se ele é Amadis, não tardará com recado.

Ao mesmo tempo, Amadis, descansando na floresta, dizia a Gandalim:

– Amigo, vai a palácio sem que te veja ninguém: que Oriana saiba que estou aqui e me diga que farei.

Gandalim, a furto, falou a Mabília, que o levou em segredo à infanta:

– Onde está teu senhor? Que é feito dele?

– Senhora, dele será o que quiserdes, pois por vós morre de amor!

Então Oriana ensinou-lhe que nessa noite viria Amadis ao vergel para onde deitava a câmara em que ela dormia, e que a uma janela de rexas de ferro se poderiam falar.

Quando a noite caiu, penetrou Amadis no vergel, seguido de Gandalim, que ficou de esculca, vigiando. Olhou por todos os baixos do alcáçar, buscando a lucerna prometida, e em breve lobrigou a janela onde ela luzia e o chamava. Acercou-se e, através das grades, viu Oriana!

Vestia a infanta um brial de seda azul com flores de ouro e estava formosa sem par.

– Meu senhor, sede bem-vindo...

Ele olhava-a, e o coração não o deixava falar.

– Meu senhor, sede bem-vindo e sabei que alegria tive com as boas novas que da vossa fortuna me chegaram.

Disse-lhe então Amadis:

– A mercê que vos peço não é para meu descanso: é que me deixeis servir-vos e viver só para vós!

Oriana tornou-lhe:

– Mas de mim não hajais tal cuidado que eu vos dê tristeza e dor.

– Senhora, em tudo obedeço, nisso não posso...

Com os seus olhos formosos, os mais formosos da Terra, olhava-o Oriana, revendo-se no perfeito Namorado.

– Meu senhor, e que vos impede?

Beijando aquelas mãos, as mais lindas mãos que havia, e estavam fora das grades a falar também para ele no fino gesto dos dedos, Amadis respondeu:

– O meu coração!

E, levando as mãos de Oriana aos próprios olhos, Amadis banhou-as de lágrimas, feliz de tanto sofrer o gozo do seu desejo.

Neste ponto apareceu Gandalim e disse que a alva não tardava.

No outro dia entrou Amadis em Vindilisora, e todos o salvavam ledos e diziam:

– É o cavaleiro que venceu Dardan!

Saiu el-rei Lisuarte a recebê-lo com honra, acompanhado de muitos homens-bons.

– Amigo, sede bem-vindo!

– Senhor, Deus vos dê alegria!

E, como Oriana o quisera, ficou Amadis na corte para servir a rainha – senhores, para a servir a ela!

IX. Arcalaus

Determinou el-rei Lisuarte fazer cortes, a fim de bem ordenar as coisas do seu reino, por grande honra e proveito de todo aquele senhorio. Mandou el-rei aperceber os homens-bons, para que com ele fossem em Londres, no dia de Santa Maria de Setembro, e a rainha enviou recado às donas e donzelas.

Ora, sabei que havia na Grã Bretanha um arte-mágico, votado às malas-artes e em más obras useiro. Enredado uma vez em suas manhas, tinha Amadis derrotado o poder do encantador. E Arcalaus, que assim se chamava o feiticeiro, jurara vingar-se dele e perder el-rei Lisuarte, a quem grande ódio havia. Ouvide a traição que ele fez, e que a graça do Senhor seja conosco.

A fim de melhor tecer a trama que fazia, procurou Arcalaus a Barsinan, senhor de Sansonha, convencendo-o a que se levantasse contra o poder de el-rei. Ao cabo de muito falar, dissera Arcalaus, em segredo:

– Barsinan, senhor, queira-lo tu e serás rei da Grã Bretanha!

Respondeu Barsinan que lhe convinha, porque era homem afeito à deslealdade a seu senhor; e quis saber como faria naquele tredo negócio.

Mas, para lhe espertar a sanha da traição, Arcalaus só lhe dissera mais:

– E terás Oriana por mulher!

Estava el-rei Lisuarte na sua corte, apercebendo-se para partir para Londres, quando chegou um rico mercador que muito lhe queria falar.

Ajoelhando diante de el-rei, disse o mercador:

– Senhor, eu vos trago aqui o que a um grande rei como vós convém!

E, abrindo uma arquinha que trazia, tirou uma coroa tão esplendente, que a el-rei foram-se-lhe os olhos nela.

A coroa era bela à maravilha. No seu ouro finamente lavrado resplandeciam as pedras mais formosas.

– Senhor – disse o mercador –, crede que esta obra é tal, que nenhum dos que hoje lavram ouro e cravam pedras a poderia fazer de suas mãos.

A rainha, que estava olhando, atalhou logo:

– Certo, senhor, esta formosa coroa vos convém!

Continuou o mercador:

– E para vós, senhora, trago este manto! Isto dizendo, tirou da arquinha um manto tão bem obrado como a coroa e formoso como outro jamais fora visto. Era orvalhado de aljôfares e nele se viam brilhar todas as aves do mundo, bordadas na mais rica pedraria.

A rainha não se pôde ter que não confessasse:

– Assim Deus me valha, amigo, que este manto parece que o bordou a mão daquele Senhor que tudo pode!

Contente do que ouvia, e ofertando à cobiça dos olhos a deslumbrante fazenda, sorriu-se o mercador e respondeu:

– Senhora, bem podeis crer que a este manto o bordou mão da Terra, porém outro não há assim formoso e, por o eu saber, vo-lo trouxe.

Tornou logo a rainha a el-rei:

– Certo, senhor, este formoso manto me convém!

E, assim como el-rei Lisuarte e a rainha Brisena admiravam o manto e a coroa, assim os cavaleiros e as damas os admiravam também, encandeados todos no brilho das pedras e no fulgor dos bordados.

Disse então o mercador, falando a el-rei diante de toda a companhia:

– Senhor, não sei eu quanto valem estes dons nem tempo tenho para me agora deter. Mas levai-os às cortes de Londres, que eles vos darão mor alteza. Basta-me a vossa palavra, cujo preço, senhor, se conhece. E por isto me dareis o que vos eu lá pedir, ou, não mo querendo dar, a coroa e o manto me restituireis.

Disse el-rei que aceitava – foi o brilho das pedras que o cegou! E, pelo haver aceitado, vereis que dores lhe hão de vir.

X. O primeiro beijo

Fizeram-se as cortes em um grande campo bem plantado de árvores, e a cadeira real, em meio do campo, estava coberta com um pano de sirga, semeado de tantas estrelas quantas nele podiam caber. Em redor havia muitos panos ricamente lavrados com variadas histórias e lavores. Quando todos se acharam ali juntos, el-rei Lisuarte falou aos homens-bons:

– Senhores, assim como Deus me fez rei, assim eu devo, para seu santo serviço, fazer coisas mais louváveis que nenhum outro, em prol do comum e proveito da terra. Dizei-me, pois, o que os vossos juízos alcançarem, para, por mim e por vós, senhores, ganhar mais honra.

Na tenda onde el-rei se achava, estavam com ele Amadis, seu irmão Dom Galaor que Amadis trouxera àquela corte, depois de o haver socorrido em muitos perigos –, e estava também Barsinan, senhor de Sansonha e homem tredo.

Mas el-rei, que falava seguro, tinha no coração grande cuidado. Havia ele trazido às cortes o manto e a coroa esplendentes, e bem guardados os tivera, como era de razão com coisas tão preciosas. Porém, naquela manhã, quando fora abrir a arquinha para tirar manto e coroa, achara a arquinha vazia, inda que cerrada estava.

Depois que el-rei falou, começaram a falar os homens-bons. Ele a todos ouvia, e resolviam-se os pleitos. Já porém sobre o rei, tão gracioso e leal, e sobre os seus, a quem muito queria, pesa a traição de Arcalaus, que tece o fio da trama. Assim foi que uma donzela, em pranto e toda coberta de dó, se foi queixar a el-rei de males que lhe faziam. Contou como seu pai fora preso no castelo de Guldenada, ele sem culpa e sem defesa ela.

Vendo ali aqueles senhores a inocência desamparada e mostrando-lhes lágrimas de aflição, a todos moveu à piedade e à vontade de a servir.

– Escolhei destes cavaleiros – disse el-rei – quais hão de ir em serviço vosso.

– Senhor, sou de terra estranha e escolhê-los não sei; mas peço à rainha mos dê, que bem os conhece por seus.

A rainha, que houve piedade, escolheu Amadis e Dom Galaor.

Começa Arcalaus a vencer, porque Amadis deixa as cortes e Oriana fica só!

Ora, ao quarto dia da partida de Amadis, estando el-rei Lisuarte com muitos homens-bons e donas e donzelas, adiantou-se o mercador, que ajoelhou e lhe disse:

– Senhor, por que não trouxestes a coroa e o manto que vos entreguei?

Calou-se el-rei, turbado.

– Senhor – continuou o mercador –, apraz-me que mos pagueis ou mos torneis a dar, à fé do que tratamos.

Para encurtar razões, e como quem ia direito à verdade, atalhou el-rei Lisuarte:

– Amigo, não vo-los posso dar porque os perdi.

Fingiu logo o tredo Arcalaus que lhe doía a nova como indo nisso a sua mesma vida! Dando-se por perdido, maldizia a sua sorte e arrepelava os cabelos, com dor:

– Senhor, que me desgraçastes! Em má hora vos confiei meus tesouros! E, se me não valeis, morro mesquinho!

Tornou-lhe el-rei:

– Mas dizei-me já seu preço, que vo-lo pagarei de contado.

Recolheu-se a pensar consigo o aflegido mercador, ao tempo que já uma dor surda ralava os corações dos que se ali achavam. Ao cabo de haver avaliado a sua fazenda, disse o traidor a el-rei:

– Senhor, bem me custa alegar-vos quanto me a mim deveis: mas sabei que só salvarei a vida se me derdes o manto e a coroa, ou, por escambo de eles, a vossa filha Oriana!

À roda os homens-bons, as donas, as donzelas, tinham agora os corações cheios de lástima. E, havendo escutado tal despropósito, alguns iam arrancar das espadas, quando el-rei, com um sinal, ordenou que estivessem quedas.

Então, ao mercador que esperava, e refreando a dor do coração e a sanha do logro, el-rei Lisuarte respondeu:

– Amigo, demais me pedis! Mas antes eu perca a filha que a palavra. Porque, perdendo a filha, perco o que a mim e a mais alguns custa e dói: porém, perdendo a palavra, a todos faria dano, dando exemplo com que ninguém doravante respeitasse as leis da honra.

E, mostrando-lhe Oriana, que desfalecera, el-rei disse a Arcalaus:

– Eis o preço que requereis! Podeis levá-la!

Arcalaus tomou a infanta nos braços e, seguido de cinco cavaleiros, entre o pasmo de quantos ali estavam, cavalgou e desapareceu.

Entretanto Amadis e Galaor sofriam traição no castelo de Guldenada e, com a ajuda de Deus, escapavam às tramas do encantador. Já a caminho de Londres, recebeu Amadis o ansioso recado de Mabília e por ele soube que Oriana era roubada.

– Ai! Santa Maria, valei-me!

Corre Amadis em busca do seu bem.

Interroga no chão o rasto dos cavalos, acha uma traça e corre, e perde-a e descoroçoa, e cuida mais adiante ir já por ela...

Mas o Senhor Deus não deixa sem amparo as almas puras nem sem ajuda contra as malas--artes os bons filhos seus que elas enredam.

Ao fim de muito andar, encontrou Amadis um lenhador que tinha a cabana à borda do caminho. Como era noite fechada, ali se recolheu e deitou o cavalo a pastar.

Contou-lhe aquele homem que vira passar de longada cinco cavaleiros armados, com um à frente que levava uma donzela.

– Amigo, e como era a donzela?
– Senhor, formosa sem par!

Mais lhe disse que tinham atalhado ao caminho do castelo de Grumen, um primo de Dardan, o que fora morto em casa de el-rei Lisuarte.

Neste passo a alva rompia. Amadis cavalgou e partiu a caminho do castelo de Grumen. Enchia-lhe agora esperança nova o coração. De toda a sua alma, elevava para o Céu a mais acesa prece, e sentia que o Senhor lhe advogava a pura causa.

Escondido na espessura de uma cerrada mata, espiava Amadis desde as árvores o castelo, torvo nos muros grossos. Estando assim em desvelada vigia, não tardou muito em ver um cavaleiro que a uma torre viera mirar o campo em roda. Depois a porta do castelo abriu-se, saíram cinco cavaleiros bem armados, e Amadis viu Oriana nos braços do encantador.

– Ai! Santa Maria, valei-me!

Ora julgai como seriam os golpes de Amadis!

Ao primeiro, que era Grumen, o senhor do castelo, trespassou-o com a lança, de sorte que ferro e fuste lhe saíram a outra parte; tomando a espada que lhe fora companheira no mar, fendeu ao segundo a cabeça traidora; ao terceiro, que resistir-lhe queria, derribou-o com sanha pelos peitos; e aos outros dois, que já desandavam, acutilou-os pelas espáduas refeces.

Deste modo ficaram os cinco semeando o caminho, com bravas feridas abertas.

A Arcalaus não o pode Amadis ferir como àqueles, porque ele foge e leva consigo – Senhor! – todo o seu bem!

Mas persegue-o, ladeia-o, envolve-o e, como o tredo se teme da espada cristã que rebrilha, Amadis arrebatalha-lhe dos braços Oriana – Oriana, a Sem-Par!...

Diante dos maus cavaleiros, mortos por terra com disformes gestos, Oriana estremeceu; e Amadis, ajoelhado a seus pés, disse-lhe com doçura:

– Quanto mais custa morrer de amor!

– Fazei como quiserdes – respondeu-lhe a infanta –, que bem fareis; e, se parecer pecado, não o será para Deus.

Eis, aí vai Amadis gozando, pela vez primeira, este bem sem igual de se achar só com a bem-amada.

Ali com ela, tendo-a salvo do horrendo perigo a que a arrastara mal precavida promessa e conquistando-a em batalha no momento em que ia perder o seu bem, sentia Amadis no coração tão bela ventura, que esta quase o empecia de a gozar, tamanha era.

E ainda ali Amadis amava a furto, se não já por temor dos homens, por temor do amor.

Assim foram andando até a orla da mata, levando Amadis à rédea o cavalo em que a infanta havia montado. Mas sentia-se Oriana tão cansada, como quem não dormira a passada noite, que Amadis se encaminhou para um vale onde corria um ribeiro, entre a erva viçosa.

– Passai aqui a calma; descansai nesta frescura.

Enquanto Amadis se desarmava, Oriana adormeceu à sombra das árvores.

Chegou-se Amadis devagarinho e, vendo-a tão linda e ali sozinha, ficou-se a olhá-la.

Com os cotovelos fincados no macio chão da ribeira, o rosto encostado nas mãos, gozando o fresco repouso após tão ásperos dias, ia Amadis olhando a bem-amada, serena dormindo sob a guarda adoradora dos seus olhos.

Oriana, acordando, sorriu.

E, então, mais por ela o querer que por ele o ousar, a donzela se fez dona sobre aquela cama verde.

Bem abraçados se tinham, e do amor o amor crescia – puro amor, amor sem fim!

XI. Briolanja

Oriana voltou logo à casa de seus pais, salva de tantos perigos e traições.

El-rei Lisuarte, contra quem Barsinan tramara aleivosia, retomou seu senhorio com maior alteza e honra e castigou o tredo senhor de Sansonha.

Junto da sua amiga, goza Amadis com ela o bem do amor escondido. Porém a Cavalaria é ofício que sempre está obrigando a quem o pratica, e que a Amadis obriga mais que a outro nenhum. Assim a honra da palavra dada lhe manda que se aparte do seu bem – senhores, com que saudades!

Porque – sabei-o – um dia Amadis fora ter ao castelo de Grononesa e aí soubera a triste história da linda princesinha Briolanja.

Havia esta sido esbulhada do seu reino por horrenda felonia, quando tivera o pai morto às mãos de um próprio irmão que cobiçava a coroa. E, como não havia mais filhos, ali ficara a linda princesinha sem defesão nem amparo. Para memória daquela traição, tinham alguns vassalos fiéis levantado no castelo uma figura de pedra que representava o rei morto, coroado e de espada na mão. Bem estava requerendo desagravo a alma alçada naquela imagem. Mas ainda ali não viera cavaleiro que pelejasse pela princesinha. E esta, tão triste em tenros anos, vivia esperando por ele, olhando a estátua de pedra.

Tinha então dito Amadis que havia de ser ele o cavaleiro desejado; e prometeu a Briolanja voltar, para lhe reaver o reino de seu pai.

Ah!, em má hora fora prometer estes leais serviços Amadis. E, quando a Oriana rogou lhe deixasse ir fazê-los, mal sabia que dor lhe viria, e quanto injusta, Senhor!

Vai Amadis nos vinte anos. A formosura que tem realçam-na agora os nobres sinais das armas, que lavram para lembrança os momentos de glória. E é já sua fama tão grande, que com ele resplandece.

Desde que o havia olhado, sendo tão menina, quis-lhe Briolanja com perdido amor; e agora, tornando a vê-lo, sente que lhe quere mais.

Junto dela, servindo-a na guerra, guarda Amadis a fé do seu amor.

E nem um breve momento, à luz do Sol ou da Lua, deixa de só viver para Oriana, a Sem-Par.

Mas ao amor depressa vem o enredo, até ao amor de Amadis, fiel como outro não há. Assim foi que um pajem contou na corte de el-rei Lisuarte – e não o dissera por mal, mas porque certo o julgava – que seu senhor Amadis amava a linda princesinha Briolanja e por amor se fora a reaver-lhe o reino.

Quando a Oriana chegaram estes dizeres do pajem, sentiu no coração queixa mortal. Em vão Mabília, a de fiel conselho, lhe apontava a razão e a verdade.

Debalde com palavras de claro entendimento lhe mostrava o que tão certo era:

– Pois podeis crer em tão feia coisa e tão impossível como essa? Como vos trocaria, se vive de vós?

Porém Oriana crera na traição e não ouvia conselho nem a razões atendia.

Ora, enquanto Oriana padece e guarda no coração injusta sanha, ouvi de como Amadis padecia por lhe ficar fiel até a morte.

O amor de Briolanja, que ele não quer, quere-o a ele com mais amor, a que se acresce a gratidão que lhe tem, senhora do seu reino como é já. E tanto se dói de lhe querer, que o senhor infante Dom Afonso de Portugal – filho do Rei-trovador, e que depois foi tão belo cavaleiro no Salada – se amerceou da linda princesinha e, por piedade dela, até queria pôr no Romance um passo de sua feição.

E bem podemos cuidar que ao trovador de Amadis dissera o bravo infante, dando mostras de fino coração, o mesmo que, mais tarde, havia de sangrar ao ter de ser cruel para o *Colo de Garça*:

– Amigo, hei grande sabor dos feitos de Amadis e de tudo o que haveis bem contado. Mas por minha fé juro que, por sua grande bondade e formosura, não há de ser Briolanja tratada de tal guisa!

– Senhor – tornara-lhe sério o cavaleiro--poeta –, mas vossa mercê bem sabe que até a morte será fiel Amadis à sua senhora Oriana!

– Pois, amigo, cobremos o remédio, e isto mudai na história que vos fará sempre louvado dos homens-bons que vos agora leem e lerão adiante.

Queria o senhor infante que Amadis, preso em uma torre até que a Briolanja aceitasse por amiga, enviasse recado a Oriana, pedindo-lhe licença para se resgatar.

E que Oriana, outro modo não vendo de o livrar, desse a licença requerida, do que Briolanja haveria dois filhos de um só ventre.

Remediava desta guisa a ambos o senhor infante Dom Afonso de Portugal: a Amadis, por não quebrar fé jurada; a Briolanja, por a servir no desejo.

Mas, ah! senhores, é outra a verdade. Não entendeu neste ponto o infante ao trovador. Se tal coisa se pusesse na história, ir-se-nos-ia grande encanto dela. A verdade é que Amadis, preso em uma torre pelo que ouvistes, perdeu o comer e o dormir e perto estava da morte.

Então, temendo matá-lo, Briolanja soltou-o. E Amadis foi fiel a Oriana, a Sem-Par!

XII. As penas de Amadis

Aconselhada pela sem-razão e escondendo a Mabília o que fazia, escreveu Oriana a Amadis.

Chamou Durim – irmão de uma boa donzela da Dinamarca que na corte havia muito morava – e ordenou-lhe que levasse a carta ao reino de Briolanja, a entregasse, mas lhe não trouxesse resposta.

Entretanto Amadis, com seus irmãos Galaor e Florestan, com Agrajes e outros belos cavaleiros, ganhara a Ilha Firme, que fora de Apolidon, ali outrora arribado, vindo das ilhas da Grécia, e dela tomara senhorio com seus palácios e tesouros.

Partiu Durim e, chegado que foi à Ilha Firme, chamou Amadis a furto, onde não fossem vistos, e deu-lhe a carta.

Quando o Namorado acabou de a ler – tão crua era! –, sentou-se nas ervas do chão, perdida a cor e a firmeza.

– Amigo, mandaram-me outro recado?

– Senhor, não.
– Mas levareis meu mandado?
– Senhor, não o levarei.
Releu Amadis a regra que dizia:
"Não vos quero ver mais, nem me busqueis, nem me deis novas".
Então suspirou assim o Namorado:
– Senhor Deus! Por que vos apraz matar-me?

Ao fiel, caro Gandalim, que chorava de o ver chorar, Amadis, despedindo-se, dissera:
– Gandalim amigo! Criou-nos o mesmo leite, e teus pais me quiseram como a filho, desde que recolheram aquele pobre menino achado a boiar nas ondas. Agora, que vou morrer, ouve a minha vontade: esta Ilha Firme, que eu ganhei, a ti a dou para que a ela tragas como senhores teu pai e mãe. De ti me despeço com pena, pois tão leal me foste. Mas sabe que já não tenho cabeça, nem coração, nem nada! Tudo perdi ao perder o amor de quem amo. Amigo, não me procures, que não nos veremos mais!
E Gandalim, transido de dor, viu-o partir sem elmo, nem escudo, nem lança, nem espada! Segue-o com os olhos e a própria dor o segura, tão súbita o feria. E, quando busca partir, Amadis já vai longe.
Vai Amadis andando e não sabe aonde.
É o cavalo sem governo que o guia.

Amadis não tem rumo porque o perdeu com o amor.

Descem dos montes, lentas, as sombras e deitam-se ao comprido na terra solitária. Amadis caminha e alonga no meio delas a aparência do seu vulto.

– O meu amor – pensava ele, ao passo que a luz desfalecia – é como a sombra: *quanto vai sendo mais tarde tanto vai sendo maior!*

O cavalo endireitou a uma floresta e penetrou na funda espessura.

Deixa-se ir Amadis ao sabor das suas penas. Anoiteceu. Assim vagueia metade da noite na rumorosa escuridão das árvores.

E desta noite em que vai, mais cerrada que a outra que o cerca, só acorda quando um ramo lhe bate rijo nos olhos.

Apeia-se, deita-se, e no escuro a voz mistura-se ao pranto que chora à maravilha:

– Ó meu senhor Gandales, bom, leal cavaleiro meu amo! Por que te aprouve recolher aquela pequena coisa que lá ia sobre as águas do mar?

Ao outro dia, caminhando à ventura por uma verde campina, encontrou Amadis um ermitão que descansava ao pé de uma fonte, onde dera de beber ao seu asno.

Cobria-o um pobre hábito tecido de lã de cabra, e espalhavam-se-lhe nos peitos as cãs mui alvas.

Perguntou-lhe Amadis se ele era monge, e, como o bom velho lhe tornasse que havia quarenta anos o era, apeou-se o cavaleiro e, de joelhos, beijou os pés do homem de Deus.

Doeu-se o velho monge da pena que via em tão moço e formoso senhor:

– Meu filho, se de arrependido chorais por pecados que hajais cometido, boas as lágrimas são.

Pediu-lhe Amadis que o ouvisse de confissão e consolava-se de contar ao servo de Deus os passos da sua vida, agora tão mesquinha, e que tão boa fora quando o amor lhe mostrava a razão de viver e vencer. Narrou-lhe como o haviam recolhido no mar, no que o monge entreviu sinal de favor divino. E, vindo do que há mais tempo sucedera até ao que mais próximo soara, ali lhe contou da sua vida assim o bem como a dor.

Ao cabo da confissão, disse-lhe o monge:

– Meu filho, se os bens temporais são fumo que o vento semeia, que serão prazeres de mulheres senão um fumo mais vão?

E foi-o admoestando com palavras sisudas, que lhe a idade e estado aconselhavam, mas também com o jeito brando que rende almas queixosas. Disse-lhe que cuidados tais os reprovava ele por desgarrados; que a mocidade e o valoroso rasgo o deviam de consolar de semelhantes males, os quais, em verdade, provinham de coisas que não acrescentavam o serviço de Deus; que o pecado começa por fazer doce o que depois com seu travor tão amargoso torna. E mais lhe disse que não havia no mundo mulher nenhuma merecedora de que por ela se viesse a perder um homem como ele.

– Meu pai, nessa parte não vos peço eu conselho; só vos peço que cureis da minha alma.

Rogou-lhe então Amadis que o levasse consigo onde fosse, pois, sentindo-se a ponto de morrer, precisava do socorro divino.

– Meu filho, moro em lugar esquivo e trabalhoso em uma ermida posta em alta penha que se adianta sete léguas no mar. Para se lá viver, é mister despedirmo-nos do mundo, dos prazeres e vícios que tem. Como quereis acompanhar-me em tal lugar da penitência, vós, mimoso da corte, costumado a brilhar na paz e na guerra? Aquela terra é deserta e, do lado da água, só em tempo macio de verão se logra desembarcar. E eu vivo de esmolas...

Respondeu Amadis que muito lhe aprazia quanto escutava, pois para si se acabara o mundo. E tornou a rogar-lhe que o levasse, ou iria morrer nos algares dos montes, desesperado e sozinho, perdendo a alma. Movido de tais razões, conveio por fim o monge em o levar; e, erguendo a mão, abençoou-o.

Rezou o ermitão as vésperas e, ao cabo, tirou de um alforje uma escassa merenda, que repartiu com Amadis. Não comia este havia dois dias, mas recusou o bocado, do que o santo homem lhe ralhou, fazendo-o comer um pouco:

– Filho, comei para cobrardes forças, pois muito temos que andar até chegarmos ao ermo. Sabei que o vosso desespero não é do agrado do Senhor, antes receio que a seu juízo altíssimo venha a parecer ingratidão.

Anoitecia entrementes. O ermitão deitou-se a dormir no seu manto, e Amadis, a seus pés, adormeceu também. E Amadis teve um sonho.

Sonhou que estava encerrado em câmara tão negra, que não entrava nela alguma lembrança do dia; e, não achando por onde saísse, arquejava-lhe o coração, às pancadas na arca do peito! Do meio da temerosa escuridade, parecia-lhe que vinham a ele sua prima Mabília e a Donzela da Dinamarca, e que um raio de Sol bailava diante delas... Tomavam-lhe elas as mãos e diziam-lhe:

– Senhor, saíde e buscai a luz!

E, saindo, vira ariana, que estava cercada de fogo... E, passando através do fogo, sem sentir que ele o queimasse, tomara Ariana nos braços e a levara a um formoso vergel...

Com aflitos brados, acordou; o ermitão despertou com eles, e, como a alva vinha rompente, dispôs-se a ir de longada.

Queria Amadis deixar ali o cavalo, para seguir, apeado e humilde, o seu virtuoso companheiro. Mas não lho consentiu o ermitão.

– Meu pai – disse-lhe Amadis –, mais uma coisa vos peço: que a ninguém digais quem sou nem me chameis por meu nome.

Sorriu-se o santo homem e tornou-lhe que a tão moço e formoso senhor, carregado de tanta pena, daria nome que quadrasse à gentileza e à dor.

E pôs-lhe o nome de *Beltenebros*.

Então, indo o monge no asno e no corcel o cavaleiro triste, tomaram ambos o caminho da soledade.

XIII. Beltenebros

Enquanto Beltenebros e o ermitão iam de longada, chegava à corte de el-rei Lisuarte um nobre senhor que andava jornadeando naquele reino. Acompanhado de dez escudeiros, anunciou-se a el-rei o poderoso cavaleiro e deu-se a conhecer como o príncipe de Roma, filho do Imperador e herdeiro do Império, que de seu velho pai receberia.

Acolheu-o el-rei Lisuarte como requeria a alteza deste hóspede; e, abraçando-o, rogou-lhe se albergasse na corte, do que el-rei e os seus haveriam prazer.

Achando-se todos juntos para comer, viu o príncipe romano Oriana, a Sem-Par, e tão espantado foi de sua formosura, que se não pôde ter que não dissesse a el-rei Lisuarte:

– Senhor, muitas belezas vi e admirei no mundo e muito ouvira eu louvar a formosura da princesa Oriana, vossa filha: porém, agora que a vejo com meus olhos, por mesquinhos tenho os louvores.

Sorriu el-rei Lisuarte, satisfeito do que o príncipe dizia. Mas Oriana, que, apesar da crueza com que tratara Amadis, não pensava senão nele e morria por novas, fingiu não ter visto esse olhar lisonjeador.

Nos dias que esteve na corte, não buscava o príncipe senão servir a infanta, por mais que esta lhe mostrasse uma esquivança que aquele parecia não alcançar, pois, como era soberboso, avaliava em grande conta o serviço próprio.

E Oriana, a quem o cuidado do amor tornava triste, tinha por castigo as finezas do romano e suspirava por vê-lo abalar.

Também o príncipe não aprouve aos cavaleiros que com ele tratavam; e todos o julgavam mais bravo em polir as palavras que em praticar os feitos.

Antes de deixar a corte, dissera o príncipe a el-rei Lisuarte, encobrindo nas palavras um claro pensamento:

– Senhor, de vossa corte não me poderei eu esquecer. E, um dia, espero mandar-vos de Roma novas minhas...

Chegados que foram à Penha Pobre o ermitão e Beltenebros, aos marinheiros que os passaram na barca deu este as vestes e o cavalo, recebendo um tabardo de lã meirinha, com que se cobriu.

Agradou-se Beltenebros da braveza de tais lugares.

— Filho — disse-lhe o ermitão —, eis aqui a Penha Pobre, e esta é a ermida onde a Virgem Nossa Senhora vai ter mais um servidor, do que pagado sereis por sua fina bondade. Assim muitas vezes socorre aos navegantes a Senhora da Penha, quando dessas ondas, achando-se eles em perigo, por ela bradam e lhe rezam com devoção. Para aqui me passei, deixando sem saudade os enganos do mundo, depois de haver gastado a flor da idade em desvairos de mancebo. E aqui me acompanhou, sempre fiel, a solidão destes sítios, a qual em trinta anos só uma vez deixei, e agora foi, para ir ao enterro de uma irmã.

E ali começou Beltenebros a fazer penitência, para que Oriana, um dia, o quisesse.

Entretanto Durim, correndo a galope desapoderado, voltara em dez dias à corte de el-rei Lisuarte.

Ardia Oriana por novas e, encerrando-se com ele, perguntou-lhe logo o que dissera Amadis e que fazia, e se Durim vira Briolanja e a achara tão formosa como era fama.

Mas Durim respondeu-lhe, com tristeza:

— Senhora, tudo direi. Mas sabei antes que, crueza como a vossa, nunca no mundo se viu!

E, depois de lhe contar os feitos de Amadis, que havia ganhado o rico senhorio da Ilha Firme, e de gabar a formosura de Briolanja — a qual, tirante Oriana, a Sem-Par, era a mais formosa que jamais vira —, contou-lhe de co-

mo Amadis ficara dorido e triste da cruel sem-
-razão; de como propusera enviar resposta
àquela mensagem, durante a leitura da qual
havia perdido as forças; e como desesperado
tinha abalado ou morrido, sem se saber onde
parava, se acaso ainda vivia...

Quando isto ouviu, Oriana sentiu que a ira
quebrava e que, no lugar onde ela ardera, estava agora piedade que a derretia em amor.

Vendo-a chorar grossas lágrimas, Durim
compadeceu-se e chamou Mabília e a irmã
para que confortassem a infanta. Como suce-
de com corações de mulher, que vão de extrema a extrema sem mais guar-te, tudo nela
era chorar, arrepender-se e doer-se, desafo-
gando-se em vozes de aflição:

– Ai! coitada sem ventura, que matei o que
mais amava! E a morte de meu senhor mal
vingada será com a minha!

Foram-na as duas boas donzelas sossegan-
do, e com isto lhe davam prova do mais fino
bem-querer, pois ambas haviam por cru o que
ela em segredo fizera, sem olhar aos perigos
da crueza. E aconselharam-na a que a Amadis
enviasse doce recado sem detença – ponto
era saber-se onde ele estava!

Concertaram que, a seu tempo, Oriana o
iria esperar no castelo de Miraflores, para onde Mabília seguiria com ela. E que a Donzela
da Dinamarca partiria, acompanhada de Durim, para o reino de Escócia, em demanda do

castelo de Gandales, onde Amadis talvez se houvesse recolhido, a buscar consolação.

Uma vez, na soledade da Penha Pobre, fez o ermitão sentar a Beltenebros no poial da ermida e perguntou-lhe:
– Bom filho, que sonho tiveste quando ao pé da fonte dormíamos e me acordastes com brados?
Muitas vezes cismara Beltenebros naquele sonho que Amadis tivera, sem que alcançasse o que ele dizia: se lhe era aviso de novos males ou vinha por esperança de remédio. E, alegrando-se de que o ermitão lhe falasse do sonho, contou-lho sem lhe esquecer nenhum passo, tão certo se lembrava de tudo pelo rebate que lhe dera. E foi dizendo de como naquela câmara negra entrara um raio do Sol, e as donzelas que lhe haviam falado, e o fogo que vira ardente, e o vergel onde fora ter, levando nos braços Oriana... Ia o ermitão ouvindo, com os olhos estendidos àquele grande ermo vivo do mar que tinham diante, e ali era toda a companhia.
Respondia o marulho das águas à voz de um e ao silêncio do outro; e, quando Beltenebros acabou de o contar, pediu ao santo homem lho explicasse, ainda que a seu juízo fosse o sonho prenúncio de outras penas.
Pensou o ermitão um bocado, como quem soletrava sua leitura naquelas imaginações que, em verdade, ficavam da outra banda da vida.

E, ao cabo, disse-lhe, contente:

– Beltenebros, bom filho, muito me haveis alegrado; e, se, contra meu costume, vos falo de semelhantes coisas, é porque julgo melhor serviço de Deus o dizer-vos palavra certa que vos ajude a alar-vos desta tristeza, que o deixar-vos correr à morte desesperada.

Caiu Beltenebros de joelhos aos pés do ermitão, regando-lhe as mãos de lágrimas e achando que doce lhe era, em dor tão áspera, ter o mimo daquele companheiro.

E o santo homem, que muita amizade votava a Beltenebros, continuou, sorrindo:

– Bom filho, ainda que as ideias do mundo não devam de andar-me na mente, ora ouvireis como entendo o que diz esse sonho: era a câmara negra o cuidado; as donzelas, amigas vossas que trabalham por vosso bem; aquele raio do Sol, bom mandado que recebereis; e o fogo que cercava a vossa amiga é a pena em que ela vive por vós.

Partiram em demanda de Amadis, para o reino de Escócia, a Donzela da Dinamarca e seu irmão Durim. Levavam consigo uma carta, mas, a esta, Oriana fizera-a tão doce quanto a outra era crua.

Navegaram com ventos fagueiros e, ao cabo de sete dias, arribaram a Peligez, de onde foram seguindo ao castelo de Gandales.

Voltava da caça o bom senhor e, mal soube de onde chegavam, com grande amizade e alegria falou do seu criado Amadis:

– Que novas dele me dais, pois tanto me alegram sempre?

Por onde logo conheceram, com tristeza, que Amadis ali não fora.

A este tempo, Dom Guilan, o Cuidador, que estivera na Ilha Firme, trouxe piedosamente a el-rei Lisuarte as armas de Amadis, que achara ao abandono.

Tendo Amadis por morto, choraram-no todos.

E Oriana, encerrada em uma câmara, maldizia como doida a sua ventura e queria morrer.

Mas a boa Mabília consolava-a e, com palavras que sabia, tão doces, convencia-a de que Amadis não morrera, de que haviam de saber novas dele. Não havia Deus de permitir mal tão grande. O Senhor o teria em sua santa guarda!

Ora, um dia aportou à Penha Pobre uma nau em que vinha a condessa Corisanda, acompanhada de suas damas e cavaleiros.

Correndo o tempo macio, quiseram desembarcar para folgar uns dias, e ao ermitão pediu a nobre dama aposento para se albergar. Como na cela do santo homem jamais este consentiria que entrasse mulher, ofereceu Beltenebros a sua, para onde Corisanda fez levar a cama em que dormia. E ele entanto ficava ao relento, como muitas vezes costumava.

Alegrou-se então com a leda companhia aquela solidão da Penha Pobre.

Trazia luzidos cavaleiros e formosas damas a nobre Corisanda, donairosos de suas armas eles, garridas elas de mocidade e lindeza. E, nesses dias em que todos descansavam das fadigas da viagem, espalhavam-se pela praia ou pelas rocas, folgando em jogos, tangendo música.

E Beltenebros, olhando na ribeira do mar os cavaleiros e as damas, cismava em tudo o que fora, em tudo o que perdera, e remirava de longe as armas, com saudades!

Uma vez, estava ele a remirá-las do adro da capela, onde o ermitão entrara para rezar as vésperas; e, como este deixara encostado ao muro o cajado a que se arrimava, pegou Beltenebros no bordão e floreou-o no ar como uma espada.

Ao sair da ermida, viu o monge aquela ação, sem que o houvesse pressentido Beltenebros; e, como do coração desejava que o seu bom filho abalasse daquele deserto, pondo cobro à penitência, sorriu satisfeito e teve por bom agouro que em tais mãos se houvesse feito espada um bordão de pobre velho.

À missa, que o ermitão dizia, Corisanda e os seus repararam naquele homem moço, tão triste e choroso, que ajoelhava como penitente aos pés da Virgem Maria.

– Quem será – pensavam os cavaleiros – este que desdenha dos gostos do amor e das alegrias da guerra?

– Não haveriam sido penas de amor – cismavam as damas – que para aqui o trouxeram?

E, uma noite, ouviram que Beltenebros cantava uma canção tão saudosa, que não mais lhes esqueceu.

Passados dias, de novo se embarcaram.

E a Penha Pobre ficou mais triste e só.

Mas Corisanda navegava com rumo à corte de el-rei Lisuarte. Chegada que foi aí, contou a Mabília, quando conversavam a respeito da viagem, que havia encontrado na Penha Pobre um penitente cuja dor lhe cortara o coração.

Era moço e tão triste, que muitas vezes lhe vira lágrimas; tinha maneiras corteses; decerto fora formoso; como quem desesperara do mundo, arredava-se de toda a companhia.

E, como ainda lhe soava aos ouvidos a voz de Beltenebros, contou que o ouvira cantar uma canção saudosa, que não mais lhe esquecia.

Ouvindo falar daquele penitente, deu rebate o fiel coração de Mabília, e, enquanto Corisanda continuava, ia pensando a boa donzela:

– E se aquele penitente fosse Amadis, a penar penas tão duras por pecados que não fez?

Seguindo o rasto do pensamento que lhe viera, disse Mabília a Corisanda:

– Senhora, mal cuidais como me prende o que me dizeis; e, se vos lembrais da canção, muito quisera eu ouvi-la.

Vendo quanto a Mabília cativava o que ia contando, adivinhou Corisanda haver ali mágoa de amor de que a infanta de Escócia sabia.

E, para satisfazer Mabília, cantou a saudosa canção de Beltenebros.

Escutando-a, com o coração a saltar-lhe, conheceu-a Mabília por uma canção de amor que Amadis fizera a Oriana.

Então correu à infanta e disse-lhe de um fôlego:

– Amadis vive e está na Penha Pobre!

E Oriana e Mabília, abraçadas, confundiam as lágrimas, sorrindo.

XIV. *A senhora da Penha*

No reino de Escócia, descoroçoados com seu despacho, embarcaram Durim e a boa Donzela da Dinamarca. Da corte de el-rei Languines traziam para Mabília as lembranças da rainha, sua mãe. Traziam também os recados do bom cavaleiro Gandales.

Mas o que mais queriam trazer, que eram novas de Amadis, não o traziam eles.

Agora ouvireis como o Senhor dispõe graciosamente as coisas, quando tem piedade das suas pobres criaturas.

No mar levantou-se uma grande tormenta, e ficou a nau rota, sem aparelho, e já não sabiam caminho nem carreira. Jogados iam ao gosto das vagas, altas como serras de água, e davam-lhes em cima os borbotões do vento.

Cuidando já todos que morreriam, faziam promessas a Nossa Senhora e rezavam em coro – *Virgem Madre de Deus, rogai por nós!*

Apertando ao peito a carta de Oriana, a Donzela da Dinamarca chorava e pensava consigo:

– Ai, coitada! De que serviu minha amizade a minha senhora, que lá ficou curtindo suas penas, mas esperançada no remédio que eu viria a dar-lhes? Não encontrei Amadis e agora morro, levando comigo a carta que salvaria o melhor cavaleiro do mundo!

– Destino cru! – ia pensando Durim, à sua parte. – Foi por minha mão que Amadis recebeu aquela carta que o perdeu. Se lha entreguei sem suspeitar que desespero lhe daria, para que obedeci no mais, não lhe aceitando a resposta? E vou morrer sem poder resgatar esta maldade!

O bom Durim recordava aquele dia da Ilha Firme e revia Amadis como este havia ficado após a leitura da carta: sentado nas ervas do chão e muito branco.

Assim os dois leais servidores se lastimavam, enquanto a flor do escarcéu fazia peninha da nau.

Mas, passados dias, o mar e o vento amainaram e, na torna da manhã, avistaram terra.

Então conheceram de bordo a ermida da Penha Pobre. Logo determinaram os mareantes desembarcar, a fim de ouvirem missa e renderem suas graças à Senhora, pela milagrosa salvação que lhes dera.

Ordenados em procissão desde a praia, seguiam os marinheiros a cruz que um grumete, vestido em uma sobrepeliz, levava alçada; atrás da cruz ia uma folia e uma dança, por festejar o escape da perdição, e no coice da procissão ia o monge da Penha Pobre, com o Santíssimo Sacramento e os cantores.

Desembarcaram também a Donzela e Durim. E, depois que o ermitão disse a missa, encontraram-se no adro com Amadis e não o reconheceram, tão dessemelhado e descarnado estava, com cabelos e barba ao desdém.

Mas ele, quando os encarou, caiu como morto no chão!

É que a surpresa de tal encontro lhe dera no coração com o ímpeto mais grave das lembranças. Achar ali aqueles amigos era de alguma sorte ver Oriana, pois quem ama respira o amor em tudo o que toca ao objeto dele.

Vendo o ermitão a Beltenebros por terra, cuidou que para este soara a derradeira hora, e corriam-lhe os prantos pelas cãs:

– Senhor poderoso, por que vos não amerceastes de quem por vosso serviço tanto ainda poderia fazer?

E pediu aos mareantes que o ajudassem a levar ao catre aquele penitente.

Apiedada do que via, perguntou a Donzela ao ermitão quem aquele homem era.

Ao que o monge, fiel à promessa que havia feito, apenas respondeu, dorido como estava:

– É um cavaleiro que aqui faz penitência...

— Se tão áspero lugar buscou, grandes devem de ser seus pecados! — tornou-lhe a mensageira de Oriana. — Mas, pois é um cavaleiro, deixai-me falar com ele, e das coisas que trago em a nau o poderei remediar.

Entrou a Donzela na cela do penitente, e, quando a viu ao pé do seu catre, Amadis tão turbado foi, que não sabia que fizesse: porque, se se lhe desse a conhecer, rompia a vontade de sua senhora cruel, e, se a deixasse partir, com ela se lhe ia a esperança.

Entretanto a Donzela falava piedosa ao que ali jazia:

— Bom homem, pelo ermitão soube eu que sois cavaleiro, e, como nos cumpre servir quem a nós outras serve em tantos perigos, dizei-me que farei por vossa saúde.

Chorando, calava-se Amadis, para que o som da voz lhe não traísse o segredo. Bem lhe estava o coração pedindo desfizesse o engano daquela que a Providência lhe enviava. Porém como se atreveria a nomear-se, se Oriana lhe havia ordenado que lhe não desse novas nem mandados?

Suspeitou a Donzela que o penitente estaria morto. Havendo pouca luz na cela, abriu uma fresta para ver melhor.

Mas, então, afirmando-se em Beltenebros, conheceu-lhe no rosto o sinal de uma lançada — e caiu de joelhos, soluçando e beijando as mãos de Amadis!

XV. No castelo de Miraflores

Ao deixar a Penha Pobre, despediu-se Amadis do santo ermitão, beijando aquelas mãos que na má ventura lhe haviam sido amparo. E rogou-lhe com muita amizade que fosse à Ilha Firme, a fim de reformar um convento de monges que em suas terras mandara edificar.

Sorria satisfeito o bom velho, pois já sabeis como tinha criado afeição àquele que, por mando da Providência, havia colhido à beirinha do desespero: satisfeito de o ver, enfim, sair desses lugares, onde só alma embebida em pensamentos de Deus poderia achar o cristão contentamento das agruras.

Depois, passando na barca, meteu-se Amadis a caminho com a Donzela e Durim. Tão fraco, porém, se sentia, que não pôde ir muito além. E, achando eles um lugar que bom lhes pareceu para cobrar a saúde com o descanso, ali ficou Amadis, servido pela Donzela, enquanto Durim partia a levar recado a Oriana. Era, em verdade, deleitoso o sítio, com árvores de meiga sombra e claras águas correntes. Ali falavam os dois do muito que sucedera, das dores padecidas, dos cuidados que todos tinham sofrido quando Amadis se sumira.

Contava-lhe a boa Donzela de como Galaor, Florestan e Agrajes haviam partido a buscá-lo por longes terras; a dor do fiel Gandalim, que voltara chorando à corte, como doido, e a de Durim, que a custo obedecera à ordem que levava e tanto se lamentara de a haver cumprido.

Mas era de Oriana que os dois falavam sem fim. Contava-lhe a Donzela como se ela arrependera logo da sem-razão e crueza e como quisera ter morrido, julgando perdido o seu senhor. Para mais lhe mostrar o arrependimento de Oriana, referia a Donzela a palidez da infanta, mortificada de pena, ralada de remorso, e tendo de esconder quanto sofria, lágrimas e cuidados.

E dizia-lhe de como Oriana agora partiria para o castelo de Miraflores, ansiosa do seu perdão, ansiosa do seu amor! Lá no lindo castelo – ia dizendo a Donzela – esperava-o Oriana, que com Mabília aí fora, para a bom recato receber a quem sempre quisera, até quando fora mais crua. Porque, pensando bem, que havia sido tal crueza, senão sinal do amor mais fino? Deitado à sombra gostosa, ouvindo o tom da água que chalreava brincando, ia Amadis relendo a carta de Oriana, em que a bem-amada lhe pedia perdão e ainda duvidava de que ele lho desse. Beijando as doces palavras, sentindo o que a bem-amada padecera, padecia o Namorado por ela, sem mais lembrar a dor que lhe tinha vindo e a ponto estivera de matá-lo.

E, pensando no castelo de Miraflores, pedia a Deus lhe tornasse a saúde, para depressa partir e viver!

Com tão quieto descanso e, mais que tudo, com certeza tão deleitosa, cobrara Amadis as forças. Já não podia com mais esperas: o desejo aguçava-lhe a saúde e estavam-lhe os braços pedindo o peso glorioso das armas. A Donzela da Dinamarca, vendo como ele melhorara, disse-lhe adeus até Miraflores.

Partiu de ali Amadis e, na primeira vila, por dinheiro que lhe emprestara a boa Donzela, teve armas e um cavalo.

E então foi o cavaleiro Beltenebros.

Ficava o castelo de Miraflores a duas léguas de Londres e, sendo pequeno, era o mais lindo que havia para uma saborosa morada.

Rodeado de vergéis, assentava numa encosta toda coberta de árvores tão boas, que todo o ano davam fruto e flor. Dentro, tinha câmaras de rico lavor e pátios onde as fontes murmuravam.

Uma vez que el-rei Lisuarte ali fora caçar e havia levado a rainha e Oriana, esta, ainda ta-

manina, tanto se agradou do castelo que el-
-rei lho deu de presente.

E ali viera agora Oriana, sentida das dores que sofrera, trazendo no rosto formoso o sinal descorado das penas.

Com a fiel Mabília, sentava-se a infanta num patiozinho ensombrado de frondosas árvores, debaixo das quais uma fonte cantava por bica melodiosa.

Aí confessava Oriana o seu temor de lhe não perdoar Amadis a crueza com que fora tratado; e contava-lhe de como o amava mais, depois que tanto o havia feito penar. Sorria Mabília e dizia que, se ela duvidava do perdão do seu amigo, é que ainda lhe não conhecia o maravilhoso amor. E explicava-lhe de como ele mais a amaria, depois que tanto havia penado por ela.

Animava-se Oriana com tais doces palavras. E as duas amigas, Oriana ainda magoada, Mabília com jeito brando, passeavam os vergéis de Miraflores, floridos de moitas de rosas e borbulhantes de fontes.

Voltava ao rosto de Oriana a cor viçosa, pois já dentro do corpo formoso a fé do amor derramara a graça. E, como cuidavam não tardaria Amadis, combinavam ledas de que modo entraria a furto o cavaleiro que vinha da amorosa penitência:

– Esta varanda é alta – dizia Oriana –, e não poderá subir!

– Sim, subirá – tornava Mabília, rindo –, porque nós lhe daremos as mãos!

Entrementes, e para que todos fossem mais alegres, chegaram ao castelo os amigos fiéis: a Donzela da Dinamarca, Gandalim e Durim.

Havia Gandalim chegado depois dos outros e, como o porteiro o viera anunciar à infanta, logo esta ordenou:

– Que entre o bom amigo que tão bom escudeiro é e foi criado conosco, para mais irmão de leite de Amadis, a quem Deus guarde!

– Senhora – disse o porteiro –, sim, a quem Deus guarde, pois grande perda seria se tão bom senhor se perdesse.

– Não vedes – disse Oriana a Mabília, quando o porteiro saiu – como a Amadis amam todos, até os mais simples como este? E como o não amaria eu?

Fechados com segurança no patiozinho da fonte formosa, falavam todos de Amadis, em breve dia esperado, segundo as novas trazidas pela Donzela da Dinamarca.

– Gandalim amigo – disse uma vez Oriana ao escudeiro fiel –, ainda me queres mal pelo mal que eu fiz, sem saber?

– Senhora – respondeu Gandalim –, quero-vos grande bem por meu senhor, inda que mal vos quis quando perdido o julguei. E vós, para o receberdes, tomai ora todo o brilho e cor!

– Tão feia te pareço? – tornou Oriana, rindo. – Foi por me achar feia, amigo, depois de tanto sofrer, que eu vim a este castelo esperar a Amadis, meu senhor, de sorte que, vendo-me ele, não possa fugir de mim!

Uma tarde, penetrando na floresta, foi-se Amadis acostando à parte de Miraflores; e, deixando o cavalo pastar, esperava que anoitecesse.

Tão perto estava agora da ventura, que as dores passadas lhe semelhavam sonho que tivera. Lembrava como tantas vezes quisera ter morrido e agradecia a Deus que lhe fora tão cortês e benigno senhor.

Entretanto a noite caía, e com a sombra vinha o segredo propício ao desejo dos namorados.

Quando anoiteceu, Amadis saltou o muro, caminhou pelo vergel e, vendo Gandalim, chamou-o baixinho.

Correu o amigo e foi avisar Oriana, que veio à varanda com as suas fiéis.

Então, sustido por Gandalim e Durim, que o tinham posto nos ombros, e ajudado de cima pelas mãos de Oriana, de Mabília e da Donzela, entrou Amadis no castelo – e ficou preso num beijo à boca da bem-amada!

XVI. A espada e a guirlanda

Amadis, que todos julgavam perdido ou tinham por morto, fizera a el-rei Lisuarte serviços assinalados, combatendo por sua glória. Tamanha fama havia ganho, que já diziam alguns que, a fama de Amadis, Beltenebros a ofuscava. Mas, como não tirara o elmo e ninguém lhe pudera ver o rosto, guardava o nome de Beltenebros.

Entretanto, quando a noite descia, entrava em Miraflores.

Ora, estando ele aí uma vez junto da bem-amada, veio da corte Gandalim com grandes novas.

Um velho escudeiro grego, por nome Macandon, mostrara a el-rei Lisuarte maravilhosas coisas, as quais trouxera à corte da Grã Bretanha por ser afamada em gentileza.

E, depois que el-rei disse lhe aprazia que à sua corte a buscassem por gentil, mostrara-lhe o escudeiro uma espada como outra jamais fora vista. Encerrava-a uma bainha transparente, cor de esmeralda, e a folha de aço era, até metade, tão limpa como água cristalina, e na outra metade tão ardente e vermelha como de fogo.

Depois que esta espada havia mostrado, descobrira o escudeiro uma guirlanda tão maravilhosa como aquela: metade das flores que a entreteciam estavam frescas como se acabassem de abrir, e na outra metade tão murchas que parecia que se iam desfolhar.

– Senhor – dissera Macandon –, há sessenta anos ando eu vagamundo, em cata daqueles cujo Perfeito Amor logrará vencer o encanto do que vos mostro. Desses só, de mais ninguém, por mando de altos desígnios, poderei receber as armas e, enfim armado cavaleiro, subir neste cabo da vida ao trono que há tanto me espera. Mas, como a esses não achei, nem nos reinos distantes nem nas ilhas do mar, à vossa corte vim para que nela ordeneis uma prova, e, se me prometeis que a ordenais, direi o mais que não disse.

Ouvindo tais maravilhosas palavras, arderam todos por saber o mais que Macandon calava.

– Senhor – disseram a el-rei os cavaleiros, que olhavam a espada encantada –, ordenai, pois, essa prova, e tentemo-la todos, não sendo contra a lei de Cristo.

E as damas, que remiravam curiosas a encantada guirlanda, disseram à rainha:

– Senhora, pois que esta guirlanda nos respeita como toucado de flores, ordene el-rei essa prova para que a tentemos também.

De boa mente o prometera el-rei Lisuarte. Continuou, então, o velho Macandon:

– Senhor, esta espada que vedes, ninguém nunca a tirou da bainha, donde só poderá arrancá-la aquele que à sua bem-amada quiser com Perfeito Amor. E esta guirlanda, quando posta na cabeça daquela que a seu amado quiser com amor igual, então se verá que reverdece e ficará toda em flor.

Ouvira Amadis estas novas e quedara-se a pensar nelas.

Contara depois Gandalim que, tendo el-rei já marcado o dia da prova, todos os cavaleiros fariam por desembainhar a espada, do mesmo modo que a guirlanda seria posta em cabeças de donas e donzelas. E, como então estivessem na corte os melhores cavaleiros da Pequena e Grã Bretanha e a rainha Briolanja – que Oriana queria ver mais que a ninguém no mundo! – ali havia chegado, coberta de luto por Amadis, a grande prova respeitava a todos e todos queriam tentá-la.

Disse então Amadis à bem-amada:

– À prova iremos também!

Pasmou Oriana do que ouviu, tão impossível lhe pareceu por perigoso e louco.

Respondendo ao espanto que lia nos formosos olhos da sua amiga, beijou-lhe Amadis as mãos e explicou seu pensamento:

– Mas ireis rebuçada de guisa que ninguém saiba quem sois. Comigo sereis diante de vosso pai, e faremos a prova da Espada e da Guirlanda!

Na véspera da prova na corte enviou Oriana recado a el-rei, dizendo que, por estar doente, naquele dia ficava deitada.

E, depois, Mabília e a Donzela da Dinamarca disfarçaram a infanta à maravilha.

Tão bem disfarçada ficou, vestida em uma capa mui rica, mas desusada no reino, e com a cara encoberta com um rebuço, que Amadis, sorrindo, disse quando a viu:

– Nunca eu cuidei que tanto folgaria de vos não conhecer!

E, antes da alva do dia, saíram de Miraflores e cavalgaram para a corte em festa. Levava Amadis as mais formosas armas, pusera Oriana as mais formosas joias, e eram ambos o Perfeito Par.

Na sala grande dos paços, e depois de ouvida missa, el-rei Lisuarte e a rainha Brisena vão presidir à prova. Todos os cavaleiros cercam o trono, e, sorrindo para eles, estão presentes todas as donas e donzelas.

Guardadas numa arqueta de jaspe chapeada de ouro, veem-se a meio da sala a Espada e a Guirlanda.

Quando el-rei Lisuarte soube que Beltenebros ali chegava para concorrer à prova, alegrou-se e recebeu-o com honra.

E o cavaleiro Beltenebros, que não havia tirado o elmo, foi saudar el-rei, levando pela mão a dama rebuçada...

(Ah! senhores, como Oriana tremia!)

Dado sinal, a prova começou.

Primeiro tentou-a el-rei e, pegando na espada, não a pôde tirar da bainha. Seguiram-se Dom Galaor, que amava Briolanja, e Brunéu de Bonamar, que amava Melícia, e Arban de Norgales, que amava Grindalaia: e não desembainharam a espada. Depois foi Florestan, o outro irmão de Amadis, tão leal e gentil, que amava Corisanda: e a espada não saiu da bainha de esmeralda.

Seguiram-se Galvanes Sem-Terra, e Brandoivas, e Grumedan, e Ladasim, que todos tinham amores: e a espada ficou-se na bainha. Logo a provou Guilan, o Cuidador, que amava Brandaía, depois de a haver provado Agrajes, que amava Olinda: e não saiu da bainha aquela espada.

E assim foi com Polomir, com Dragonis, com todos que a provaram: pois, se todos, uns mais, outros menos, arrancaram da espada algum tanto, nenhum pôde arrancar a espada toda.

Então adiantou-se Beltenebros, levando pela mão a bem-amada: e, pegando na espada, arrancou-a da bainha!

Fez-se depois a prova da guirlanda.

A rainha, primeiro, pôs na cabeça as flores: e as flores não refloriram. Seguiu-se-lhe Briolanja, formosa no seu luto – e para quem Oriana olhava muito –, e não floriu a guirlanda. Depois foram Estreleta e Brandaía, e foi Aldeva, e foi

Olinda, e Grindalaia, e foram todas: e as flores não refloriram. Quando postas naquelas cabeças, mais em umas, noutras menos, refloriam algumas flores, mas nunca toda a guirlanda.

Então adiantou-se a Dama de Beltenebros, levada pela mão do seu amado: e, quando a pôs na cabeça, toda a guirlanda floriu!

XVII. A canção de Leonoreta

Acabada a prova da espada e da guirlanda, foi o velho Macandon armado cavaleiro por Beltenebros, e, bendizendo o Perfeito Par cujo Perfeito Amor lhe havia enfim quebrado o fadário, recebeu as armas das mãos daquela dama rebuçada. Muito festejou a rainha a Dama de Beltenebros, e el-rei Lisuarte, para fazer mais honra ao cavaleiro e à bem-amada, saiu a despedi-los, levando à rédea o cavalo daquela em cuja cabeça florescia a guirlanda, assim como na mão de Beltenebros rebrilhava a espada.

Voltando a palácio, quis el-rei Lisuarte ofertar aos cavaleiros e às donas e donzelas um mimo gracioso e que a todos deu prazer. Depois que Amadis se havia perdido e alguns dos que ali estavam bem o tinham buscado por longes terras –, era a primeira vez que se davam mostras de alegria.

Chamou el-rei Leonoreta, sua filha ainda menina, e pediu-lhe que viesse cantar e dançar, com seu coro de donzelinhas, aquela canção que Amadis, sendo seu cavaleiro, havia feito por amor dela.

Fora o caso que uma vez, estando Amadis a falar com el-rei e a rainha, convenceram Oriana, Mabília e Olinda a Leonoreta a que escolhesse Amadis por seu cavaleiro, para que ele mui bem a servisse, sem olhar para mais nenhuma dama. Riram-se os reis e Amadis; e este, pegando ao colo na infantinha, sentara-a no estrado e dissera-lhe, muito sério:

– Pois para cavaleiro me quereis, bem é me deis uma joia, a fim de me eu ter por vosso.

E a infantinha, tirando dos cabelos um alfinete de ouro cravado de pedras preciosas, dera-lho por amoroso penhor.

Tendo el-rei Lisuarte contado esta lembrança engraçada, todos sorriram ouvindo-a.

Mas o que el-rei não sabia era que essa canção a fizera Amadis para Oriana e que, enquanto falava a Leonoreta, brincando com ela no estribilho, em verdade dizia como amava a furto a Sem-Par.

Entrementes entrou Leonoreta, e seguiam-na doze damizelas. Vinham todas vestidas por igual, de telas ricas, e traziam grinaldas nas cabeças.

E Leonoreta e o coro cantaram e dançaram a formosa canção:

Senhor genta,
min tormenta
voss'amor en guisa tal,
que tormenta
que eu senta,
outra non m'é ben nen mal,
mais la vossa m'é mortal.

        Leonoreta,
        fin roseta,
        bela sobre toda fror,
        fin roseta,
        non me meta
        en tal coita vosso amor!

Das que vejo
non desejo
outra senhor se vós non.
E desejo
tan sobejo
mataria un leon,
senhor do meu coraçon!

        Leonoreta,
        fin roseta,
        bela sobre toda fror,
        fin roseta,
        non me meta
        en tal coita vosso amor!

Mha ventura
en loucura
me meteu de vus amar.

É loucura
que me dura,
que me non poss'ên quitar.
Ai fremosura sem par!

> *Leonoreta,*
> *fin roseta,*
> *bela sobre toda fror,*
> *fin roseta,*
> *non me meta*
> *en tal coita vosso amor!*

XVIII. As sete partidas

Depressa foge ao amor a alegria, e deste modo fugiram ligeiros os dias de Miraflores. Conheceu Amadis que não podia encontrar-se aí mais com a adorada, por tão perigoso ser. Então se despediu de sua boa ventura.

Doces horas vividas a furto entre os amigos fiéis, no coração dos quais demorava o segredo escondido e amado; doces horas de tanto sabor na câmara de Oriana, ao tomar rijo nos braços a esbelteza do corpo de ouro; doces horas em que ambos passeavam à sombra rescendente dos vergéis: adeus!

Dera-se então Amadis a conhecer a el-rei Lisuarte e a todos, e em batalha o fizera, salvando el-rei da perdição em que estava e mantendo-lhe a vida com a vitória.

Não mostrara, porém, el-rei Lisuarte tão agradecido coração como devera, fosse que já invejasse glória que tanto brilhava, fosse que a seus ouvidos ousassem segredar bocas enredadoras que Amadis lhe cobiçava a coroa.

Saudoso de Miraflores, desgostoso da corte, e não, como todos cuidavam, por desejo de andar terras estranhas e ver várias gentes e leis, foi Amadis correr as sete partidas do mundo.

– Amiga adorada – dissera ele a Oriana, falando a furto com ela uma última vez –, pois el-rei assim o quere, assim me convém fazê-lo e vou-me para que a glória, que por ti só ganhei, se não perca com minha honra. Amiga, como sou mais teu que meu, não me mandes ficar, inda que eu morra de dizer-te adeus!

– Amigo – respondera-lhe Oriana, a quem o coração também se partia –, a mim era, e não a el-rei, meu pai, que tu servias. Mas pois da tua honra me falas – até um dia e até sempre!

Nesses reinos distantes, para onde se fora depois de visitar o seu bom senhor Gandales e a corte de Gaula, praticou Amadis grandes feitos, para glória de Deus e da bem-amada.

Um dia, navegando diante de uma ilha que lhe pareceu bem-vestida de arvoredo, apeteceu a Amadis desembarcar, por descansar um pouco em sombra mansa.

– Senhor – disse-lhe mestre Elisabat, que era o patrão da galera, homem sábio em experiência e conselho –, esta é a Ilha Triste e de nela desembarcar nos guardemos nós.

E contou-lhe mestre Elisabat de como ali reinava Madarque, o gigante cruel de cuja ira lhe foi narrando os malefícios, contra a lei de Cristo praticados, e em cujos cárceres penavam cativos que Madarque pusera a ferros.

Mas a Amadis respeitava limpar o mundo de traição, de maldade e de erro; e, alcançando terra em um batel onde levava o cavalo, foi subindo um escarpado monte, coroado no cimo por um castelo. Logo de uma torre do alcáçar deu sinal o fero som de uma buzina, cujo clangor foi tangendo o recôncavo das furnas. Não tardou Madarque em descer a terreiro, e viu-o Amadis vestido de aço no possante ginete, trazendo a cabeça coberta com uma capelina coruscante e na mão um venábulo de guerra.

– Ora me valha aqui, minha senhora Oriana! – rezou Amadis no íntimo do coração.

E mestre Elisabat ouvira, desde a galera ancorada, o estrupido da batalha, que atemorizava os ecos. Enfim, roto dos golpes se abatera por terra o gigante Madarque, e, vencido e repeso, prometera ao vencedor abraçar a lei de Cristo. Então libertara Amadis dos cárceres do castelo os cativos que neles penavam, e agora bendiziam o salvador!

Outra vez, indo com rumo a Constantinopla, e depois de uma tormenta que lhes dera, passaram a certa ilha que, por tão despovoada e agreste, entristecia os olhos que a abrangiam. E mestre Elisabat contara que aquela era a Ilha do Diabo, ainda mais temerosa que a Ilha Triste, porque ali havia senhorio, não já criatura com forma humana, mas uma alimária horrenda, em cuja fábrica metera mão o Demônio e a quem o pavor das gentes nomeava por Endriago.

Tinha o corpo veloso e escamoso, a modo de rocha felpuda; corria voante como touro alado em asas de morcego, chamejando pela goela peçonha de vapores; e todo o seu prazer era devorar gente, da qual pouca restava naquela ilha.

Ouvia Amadis tais temerosas coisas, e, enquanto olhava a ilha renegada, pensava que em combater o próprio poder do Demônio daria grande lustre ao seu amor.

– Gandalim amigo – disse Amadis ao escudeiro fiel, quando saiu a combater o monstro –, uma coisa te rogo muito: e é que, se eu aqui morrer, leves à minha senhora Oriana o que eu trago e dela é – o meu coração!

Ficara-se Gandalim em lastimoso pranto, porque a grande afeição que a Amadis votava sobrelevava nele ao desejo de ver o seu senhor colher mais glória. E temia ter de cumprir tão doloroso mandado, levando a Oriana a flor dos corações!

Fora-se Amadis a desafiar a medonha besta-fera no seu fojo de rochas taciturnas, dando vozes com que ela saiu a terreiro mais sanhuda.

Como a Endriago assistia o poder do Demônio e como este via que o cavaleiro invocava, antes do nome de Deus, o nome da bem-amada, já festejava raivoso o desbarate do inimigo.

Mas o nome de Oriana, junto ao nome de Deus, ainda ali salvara o que o invocava em batalha.

E, após o combate, destroçado o monstro, recolhera Gandalim a Amadis meio morto à galera, onde mestre Elisabat, com sutis medicinas, lhe foi curando as feridas e a peçonha.

E, por memória do grande feito, se ficou chamando aquela ilha – Ilha de Santa Maria.

Depois, em Constantinopla, que era naquele tempo a cabeça da Cristandade, recebera-o o Imperador fazendo-lhe muitas honras – e quanto desejara que em suas terras ficasse demorando o Paladim!

Mas tanto se lembrava sempre Amadis da bem-amada, que, vendo entrar a infanta, linda à maravilha, se recordou do tempo em que Oriana era da idade dela e ele o Donzel do Mar – e chegaram-lhe as lágrimas aos olhos. Repararam todos naquele pranto represo, admirados de verem lágrimas nos olhos do vencedor de Endriago. Porém todos calaram por cortesia a estranheza.

O Imperador, a quem Amadis mais agradava que nenhum outro senhor que até então tivesse conhecido, falou à puridade com mestre Elisabat:

– Mestre, por que razão choraria o amo a quem bem servis?

– Senhor, como o saberei? Só sei que mais formoso e esforçado cavaleiro não há!

– Seria por esconder mágoa de amor?

– Senhor, se ele a esconde, bem encerrada a tem, pois só quando dorme suspira, inda que às vezes as cismas o tragam por longe.

Mas a princesa, a quem mais que a todos aquelas lágrimas haviam chegado ao coração, perguntou a Amadis, piedosamente, uma vez que junto ao seu estrado não estava por então mais ninguém:

– Senhor, por que haveis chorado?

Recobrou-se Amadis do enleio em que o deixara a pergunta e, não sabendo mentir nem querendo passar além, disfarçou com alegre semblante:

– Foi porque me lembrei de um tempo saboroso!

Ao despedir-se Amadis da corte, juntaram-se na sala grande dos paços, que era toda forrada de ouro, com figuras mui ricas de embrechados, os altos senhores do Império, e o Imperador ofertou a Amadis muitas pedras preciosas que provinham dos tesouros dos reis da Judeia. Mas Amadis escusou-se a aceitá-las.

A infanta, a quem aquele adeus custava, trouxe duas coroas do mais rico lavor e pedraria:

– Dois dons vos peço, senhor – disse a bela princesa –, que a coroa em que alvorece este branco rubim a deis à donzela mais linda que conhecerdes e estoutra em que esplende um rubim vermelho à mais formosa dona a oferteis.

Então pusera Amadis a coroa do branco rubim na cabeça da infanta de Constantinopla, e a coroa do rubim vermelho guardou-a para Oriana, a Sem-Par.

Assim por espaço de três anos andou Amadis de terra em terra e de glória em glória, em Alemanha, em Roménia, em Grécia, protegendo os fracos, abatendo os soberbos, reparando agravos, emendando erros, aprendendo as linguagens dos povos, conhecendo peregrinos costumes.

Às vezes, quando mais lhe pesava o lembrar-se, fugia aos louvores – pois nunca lhe agradava que o louvassem – e ao saudar de príncipes e senhores, e buscava solidão de floresta, para aí, a sós com o seu coração, sozinho com Gandalim, pensar em Miraflores. Como é sina e magia de saudosos irem ante si figurando o que adoram, assim via Amadis os olhos de Oriana, a boca de Oriana, suas mãos, seus cabelos, seus pés mimosos nos chapins pontiagudos, todo o seu corpo de ouro, que ele tivera. E, como o que via estava animado daquela luz de dentro que é a alma, via também a alma de

Oriana, tão finamente trajada no vestido do seu corpo e formosa como ele.

Quantas vezes, no albergue dos castelos ou na riqueza das cortes, sentira Amadis que o buscavam o sorriso de muitas bocas formosas e a luz de muitos olhos lindos!

Mas, se os olhava, nem bem os via, pois tão cerrado guardava o segredo do seu amor, como mantinha fiéis corpo e alma à bem-amada.

E, sem nunca ter novas de Oriana, teve-a sempre presente na sua alma, porque sempre houve nela – a Saudade.

XIX. Imperatriz de Roma

Mas não fora esquecida Oriana em Roma, e o novo Imperador que aí reinava mandou a el-rei Lisuarte uma poderosa embaixada, a pedir-lhe a mão desta infanta, sua filha.

Assim, desde que partira da corte da Grã Bretanha, não havia esquecido aquele príncipe a formosa Sem-Par, cuja arredia esquivança lhe não dera algum azo a determinar-se de tal modo.

Logo que subiu ao trono, o seu primeiro cuidado foi pedi-la, fiado na boa menção que el-rei fizera às palavras da sua despedida e, mais que tudo, fiado na soberba de crer que nenhuma princesa da Cristandade recusaria sentar-se à sua ilharga, no sólio daquele Império. Arribaram à Grã Bretanha as naves romanas, aparelhadas com grande riqueza, e delas desembarcaram grandes senhores.

Agasalhou el-rei Lisuarte com muita honra os nobres embaixadores, entre os quais mandara o

Imperador a rainha Sardamira de Sardenha – a fim de acompanhar a Imperatriz a Roma –, o príncipe Salustanquídio, senhor de Calábria, Brondajel de Roca e o bispo de Tulância.

E, quando eles lhe pediram para o Imperador de Roma a mão da infanta Oriana, ficou el-rei Lisuarte de dar a resposta ao cabo de um mês.

Mas logo teve el-rei por graciosa fortuna que o Imperador mais poderoso da Terra lhe mandasse pedir uma filha.

E, antes que ouvisse conselho, prometeu a si mesmo que a daria.

Quando Oriana soube que os romanos vinham com tal recado e sua mãe lhe disse que el-rei se inclinava a dar-lhes favorável despacho, ficou tolhida de espanto e dor! Jamais lhe havia lembrado que sucesso semelhante se poderia armar, para vir pôr em tanto risco a fidelidade do seu juramento. Não sabia a fiel Mabília defender agora Oriana contra perigo que era maior por tão traiçoeiro ser. Apartadas de todos na câmara da infanta, desafogavam-se em palavras, já de furor, logo descoroçoadas, do que ambas iam sofrendo, cada uma de seu mal, que ao mesmo ia dar. E lembravam com sanha e desdém o príncipe néscio e inchado, que em má hora tinha vindo à corte da Grã Bretanha.

– Ai! – gemia Oriana. – Por que se foi Amadis e me deixou sozinha, ele, o lume das coitadas?

Não podendo mais calar a angústia que a trespassava e esperançada em que atalharia o mal acudindo-lhe com remédio, foi Oriana ter com seu pai, ajoelhou-se-lhe aos pés e disse-lhe, chorando:

– Havei piedade desta filha!

Levantou-a el-rei a ponto que Oriana lhe ia beijar os pés:

– Filha, a tudo que disserdes ouvirei com amor de pai.

– Meu pai e senhor, se é vossa vontade mandar-me ao Imperador de Roma, apartando-me de vós, de minha mãe e da terra onde nasci, sabei que tal vontade se não poderá cumprir, porque antes morrerei ou me darei a morte!

Isto dizendo, ficara Oriana aos pés do pai, aguardando, chorosa, o requerido conforto.

Porém el-rei não tomou tão grave dor por sentimento assim fundo como era.

Tornou-lhe que forte loucura seria não subir ao trono mais poderoso da Terra, não fruir as grandezas do Império, desdenhar de seu senhorio e enjeitar reis e rainhas por vassalos. Em ela chegando a Roma, logo aprovaria o que el-rei desejava para bem de sua filha, a quem muito queria, e para bem da sua coroa, a que muito lustre dava.

Junto de sua mãe recebia Oriana piedade e carinho. Mas que podia a rainha senão acompanhá-la na dor?

E, porque el-rei cuidou que a seus fins convinha, mandou Oriana para o castelo de Miraflores, onde a rainha Sardamira a foi acompanhar.

No castelo das lembranças caras, mais padeceu Oriana a grande pena em que se via. Tudo ali lhe espertava a memória dos dias encantados, tudo, desde o mavioso chalreio das fontes até o aceno das árvores que aos dois haviam coberto. Em tudo lia Oriana os sinais do seu amor, surgia de cada canto o vulto de Amadis, a todo o sítio o marcava lembrança de afago ou beijo. E, à noite, sozinha em sua câmara, via a seu lado no leito o lugar do seu amado.

Falava-lhe a rainha Sardamira das grandezas de Roma e do senhorio imperial. Com palavras copiosas, e sem suspeitar que afligia aquela a quem as estava dizendo, encarecia a soberba da cidade, contava a riqueza da corte. Mas, enquanto a rainha falava, ia Oriana cismando em seu amigo, que saudoso andava por longes terras; pensava na fidelidade de Amadis, no que havia por ela penado – e sentia no corpo formoso derreter-se-lhe a alma por ele.

Louvava-lhe a rainha Sardamira o belo amor do Imperador, que tanto lhe queria desde que a vira na corte, nunca a pudera esquecer e dela fazia a senhora mais poderosa do mundo, soberana dos príncipes da Cristandade.

Mas Oriana, olhando o vergel, lembrava-se da noite em que Amadis havia entrado no castelo – e tinha ficado preso à sua boca!

Quis el-rei Lisuarte ouvir os homens-bons e a palácio os chamou, com o conde

Argamon, seu tio, a fim de receber juízos avisados.

Era o velho conde senhor de mente arguta e tinha muito mundo.

Ainda que se achava doente de gota, não quisera faltar ao chamamento; e, sabedor do que a todos constava, vendo os modos de el-rei, logo o teve por já determinado e por pouco inclinado a escutar razões. Como havia conhecido muitas cortes e servido a bastos senhores, bem sabia que aos reis não apraz que os atalhem nos intentos, até por serem de humana condição.

Mas o conde Argamon vinha seguro de sua causa e, depois, já por tão velho ser, desapegado das coisas do mundo, não se lhe dava dizer aos mais o que tinha por direita verdade.

Juntos que foram nos paços, falou el-rei Lisuarte aos homens-bons. Disse-lhes que havia aquele casamento por coisa louvável e da qual poderiam todos ter aprazimento; que o Imperador, escolhendo Oriana entre as princesas da Cristandade, dera mostras de honrar a coroa da Grã Bretanha, aliando o esplendor do Império ao da Cavalaria deste reino; e que esperava, em seu coração de rei e de pai, que a infanta, sua filha, fosse ditosa em Roma, alçada ao trono por Imperatriz.

Ouvira o velho conde as razões de el-rei e fora-o olhando com finos olhos em cuja chama, que a idade tinha amortecido, brilhava ainda a luz das mentes claras. Quando el-rei acabou, começou ele:

– Sobrinho e senhor, custoso é dar conselho em casos tais, pois, se por vossa vontade formos, a nós mesmos podemos enganar, e, se contra ela nos pusermos, vós agastar-vos-eis.

E foi advertindo que semelhante casamento não era de razão se o não desejava Oriana, e que ele suspeitava que a infanta se não sentia leda de se alçar por Imperatriz; que por esse casamento perderia o reino de que era herdeira e de direito lhe pertencia, de sorte que, mandando-a ao Imperador, el-rei Lisuarte a deserdava e dava a coroa a Leonoreta; que também tal casamento viria a pôr o reino em perigo, pois o Imperador, por morte de sua mulher, acaso se julgaria com direitos a esta coroa, acontecendo que os teria deveras; e que, sendo o Imperador poderoso como era, sem grande trabalho o reino viria tomar.

Todas estas avisadas coisas as dissera o conde Argamon por amor da verdade e também porque sabia que Oriana padecia e chorava de casar, e o discreto senhor sentia pela formosa infanta um afeto que se revia em sua beleza dela.

Doeu-se el-rei Lisuarte com o arrazoado do seu velho tio. Retrucou que a mocidade, pelo ser, não sabe o que mais convém ao bem próprio e que a muita crescença dos anos, com escurecer o mundo, levanta perigos onde se eles não acham.

E, assim como não atendera aos homens-bons, por cujas bocas tinha falado o conde, não atendia el-rei Lisuarte a sua mulher, a rainha Brisena, que chorava de saber que Oriana partia e contra vontade casava.

O conde Argamon, com quem el-rei se mostrava agastado, retirou-se para as suas terras.

Já nos corações dos mais leais cavaleiros lavrava a tristeza de tal noivado. E Dom Galaor, que, além de ser dos mais leais, suspeitava que Amadis e Oriana se amavam, falou por todos a el-rei:

– Senhor, amanhã, se Deus quiser, sairemos deste reino, que em vossa corte nos não apraz mais servir.

Perguntou el-rei Lisuarte a razão por que o queriam deixar.

– Senhor, porque a vossa filha fazeis o que não devíeis fazer à mais miseranda mulher.

E Galaor, Florestan, Agrajes, e com eles todos os leais, deixaram a corte de el-rei Lisuarte e passaram-se à Ilha Firme.

Ao cabo do prazo marcado, chamou el-rei a Brondajel de Roca e deu-lhe a sua resposta:

– Amigo, sabei que este casamento não é do agrado de alguns, que, por muito estimarem minha filha, a custo a veem partir. Mas, pois eu julgo que a faço feliz, muito me apraz a mim; e, em ela chegando a Roma, logo me aprovará. Aparelhai, pois, vossas naus, para levardes a Imperatriz ao Imperador.

Então, no aperto de tão duro transe, e por conselho da fiel Mabília, mandou Oriana por Durim à Ilha Firme o seu recado de dor, pedindo aos cavaleiros de Amadis que lhe acudissem na aflição.

E, enquanto se aparelham as naves da embaixada, que já balouçam no porto ansiosas da partida, roga Oriana a Deus lhe traga o seu amigo a tempo de a salvar!

XX. A Ilha Firme

Quando Amadis entrou no mar Oceano, palpitou-lhe com ânsia o coração! Vindo de tão longe, e de tão variadas terras, lembrava que, entrando a navegar naquelas águas, voltava aos caros lugares onde ficara Oriana. E mais viva se lhe acendia no coração a saudade da bem-amada. Agora que a idade verde fugira, fazendo amor mais pensado, apetecia Amadis a bênção da Igreja, que, diante de Deus e dos homens, juntaria o seu coração ao de Oriana, senhora da Ilha Firme – a qual, por alta proeza, ele havia ganho – e futura rainha de Gaula.

Cuidava que, não por merecimentos próprios, senão porque lho permitira a divina bondade, havia merecido Oriana desde aquela manhã de abril em flor em que tinha abalado, a caminho de aventuras, tão pobre que nem nome tinha, levando a alma tão cheia de amor tal a sentia agora.

Assim vinha Amadis imaginando, enquanto a nau singrava ligeira, e ele olhava, entrevendo-as a distância, as costas dos reinos e as areias das praias.

Nas horas de folgança, com o vento a acompanhar nas enxárcias as vozes, os marinheiros cantavam:

> *Lá no meio desse mar*
> *ouvi cantar, escuitei:*
> *saiu-me a senhora sereia*
> *lá no palácio de el-rei.*

Ouvindo-os cantar, acudiam-lhe as lembranças e as saudades cresciam.

Lembrava-se dos amigos fiéis cujo amparo tivera em horas de tanta dor: da sua doce prima Mabília, de tão fina amizade, esperta sempre em bem-querer; da donzela da Dinamarca, a qual, pela mão de Nossa Senhora, o tinha ido buscar à penitência; do certo amigo Durim. Como em névoa de sonho, revia a soledade da Penha Pobre, em cujos rigores se havia apurado; recordava o ermitão que lhe fora abrigo e santo companheiro. E, por cima das ondas, mandava um pensamento de terna afeição ao seu querido senhor Gandales.

Um dia, encontraram uma fusta e chegaram à fala com uns mercadores da Grã Bretanha, que partiam para traficar em outras terras. Como lhes pedissem novas do reino, e sendo a maior delas o casamento de Oriana, contaram os mercadores o despacho que el-rei Lisuarte dera à embaixada, contra a vontade de muitos e, ao que eles tinham ouvido, contra a vontade da infanta. Por todo o reino ia azáfama festiva. Houvera belos torneios para celebrar os esponsais. E os soberbos romanos aparelhavam as naus para levar a Imperatriz... Ouvindo Amadis que a Oriana já a tratavam por Imperatriz de Roma, ficou um tempo sem acordo nos braços de Gandalim.

Ao ver desfalecido o mais forte cavaleiro, a quem apenas derribava o cuidado da bem-amada, considerava o escudeiro, com pranto enternecido, o maravilhoso amor de seu senhor e amigo.

– Este que vai aqui desacordado – pensava Gandalim – aquele é que venceu Dardan, o Soberbo, desbaratou Abies de Irlanda, converteu o gigante Madarque, matou o demoníaco Endriago!

Tornando em si, sentiu Amadis crescer-lhe a sanha contra el-rei Lisuarte e mais se doeu de ele tão ingrato haver sido à leal companhia de armas que o servira, dando ouvidos a vozes de traição, nascidas só da inveja. Recordou que a el-rei tinha prestado serviços tão grandes, que destes proviera nova honra e glória à Grã Bretanha, e que o próprio rei lhe devia a vida, que lhe ele salvara em arriscado perigo.

Porém, mais pungente que todas, uma ideia lhe atravessava a mente: Oriana! Oriana a padecer na pura fidelidade do seu coração, forçada a dar-se por noiva, calando o amor que lhe tinha, decerto apetecendo a morte!

E da sua alma, que a angústia agora toda revolvia, ergueu-se prece fervorosíssima: que o vento lhe inchasse as velas, para a tempo chegar!

O mar era chão, sopravam os ventos fagueiros e, ao cabo de alguns dias, gritou um gajeiro que subira ao tope real:

— Alvíssaras, alvíssaras! Já vejo a Ilha Firme!...

Receberam os da Ilha Firme com grande glória a seu senhor, aclamando quem tão desejado e amado era. E, depois de ter agradecido a Deus o haver-lhe permitido que a tempo viesse, juntou Amadis seus irmãos e pares e cavaleiros e assim lhes falou:

— Bons senhores e amigos, depois que de vós me apartei, muitas terras estranhas andei e muitas aventuras corri. Passei grandes perigos e trabalhos, dos quais saí com a ajuda de Deus. Porém, aqueles em que o meu coração mais folgou, eu os passei levando socorro a donas e donzelas a quem agravo e sem-razão se faziam, e a que elas respondiam com lágrimas e suspiros, que são as armas das mulheres. Ora, sabeis que sem-razão e agravo faz el-rei Lisuarte à sua filha Oriana, deserdando-a do reino da Grã Bretanha e mandando-a, contra seu mesmo querer, ao Imperador de Roma. Se el-rei Lisuarte comete esta crueza contra Deus e contra seus naturais, digo-vos que a nós compete remediá-la. Agora diga cada um seu parecer, que o meu, amigos, já vo-lo dei!

Ouviram com grande louvor todos os leais as palavras de Amadis: acendia-se-lhes nos olhos a chama do valor que brada – avante! – e ansiavam em cada bainha as espadas por verem a luz.

Pediram os cavaleiros a Agrajes que, em nome de todos, respondesse:

– Bom senhor e primo, sabei que, ainda que com a vossa presença se nos dobrassem as forças, até sem vós, que por apartado tínhamos, determinados éramos ao remédio!

E Agrajes, assim falando, por seu próprio coração também falava, porque o príncipe Salustanquídio, senhor de Calábria, movera el-rei Lisuarte a que mandasse Olinda para Roma, a fim de casar com ela.

Quando chegou o dia aprazado e aborrecido, desceu Oriana à praia, entre o grande cortejo que a levava. Ordenara el-rei Lisuarte que naquela despedida concorresse grande brilho, já por honrar ledamente a noiva, já porque às grandezas do Imperador queria ele responder com as próprias.

Vestia Oriana panos de ouro, bordados de pedraria e pérolas, e assentava-lhe nos formosos cabelos uma coroa que cintilava. Alegravam a marcha do cortejo as cores desenroladas dos pendões, e o clangor das trombetas varava o ar, do burgo à praia. As damas, montadas em finos palafréns, iam levadas à rédea pelos pajens; revestiam os cavaleiros as suas armas mais ricas, e toda esta companhia luzia de esplendor.

Ia a infanta a par de el-rei e montava um soberbo palafrém ricamente ajaezado, com freio, peitoral e estribo de ouro a martelo, cravejado de pedras finas, presente de seu pai, e em que devia fazer a sua entrada em Roma.

E já a aguardavam os nobres embaixadores, ora mais orgulhosos com o despacho.

Mostrava el-rei Lisuarte bom semblante, posto que em seu coração pesava nuvem grossa: não estava ali a flor dos seus cavaleiros, e havia muitos olhos rasos de água. Doía uma pena escondida nos corações dos homens-bons, e a arraia-miúda murmurava de ver partir a infanta.

– Contra vontade vai ela – pensavam as mulheres do povo, a quem a vista de Oriana movia a doce piedade –, e que lhe faz a riqueza, à Bela mal maridada?

– Também se nos vai com ela a segurança do reino – pensavam outros, a quem a formosura da infanta tocava o coração – e em má hora vieram os romanos para levar-nos quem nos pertencia!

Com Oriana quisera ir Mabília, a sempre doce e fiel; a Donzela da Dinamarca não deixara também a pobre de sua senhora; e Olinda, toda chorosa, embarcava com elas.

Abraçou-se Oriana em sua mãe, ambas confundindo as lágrimas:

– Filha, eu me fio em Deus de que isto que te manda el-rei é por teu bem!

Receberam enfim os embaixadores a formosa Sem-Par.

E, dando ao vento as velas, alongam-se as naus da vista – e todos os olhos as seguem, e os corações todos choram!

Já as proas romanas fendem as ondas, e navegam soberbas as naves.

Dispostas vão de maneira que, no meio delas, guardam a mais soberba, em cujo tope se desfralda a insígnia do Imperador. Fechada a cadeado em uma câmara rica, nessa vai Oriana a caminho de Roma.

Mas à frente da frota roubadora surge outra que o amor comanda e guia.

– Gaula, Gaula! Aqui vai Amadis!...

Rompe fera a batalha entre as naus abordadas.

Combatem pelos da Ilha Firme os nobres aliados, e Briolanja mandou os seus melhores cavaleiros. Ao cabo de brava peleja, rendem-se as naves romanas.

Então sobe Amadis àquela em cujo tope flutua a insígnia imperial e onde Oriana, dando graças a Deus, posta em joelhos, tinha ouvido, sorrindo, a voz do seu amado!

E Amadis liberta e leva para a Ilha Firme – Oriana, Oriana, a Sem-Par!...

Senhores, aqui se acaba o Romance de Amadis. Se vos disserem que ele continua, não o queirais crer, pois o velho trovador não contou mais. Da história que se enreda em outras muitas histórias, tirei e vivi o que ela tem tão nosso – uma heroica e amorosa canção. E foi esta que o cavaleiro-poeta por minha voz cantou.

Suspenso fica o amor de Amadis e
Oriana, sem lhe sabermos o fim?
Mas o amor não tem fim, se
é belo amor; ou, se o tem,
tem-no em si mesmo,
porque o amor.
ama o amor.

Esta edição reproduz o texto da *princeps*, à exceção de uma frase da página 34 e da quadra introduzida no capítulo XX. Mas foram acrescentados, através do Romance, muitos períodos novos, a fim de se obter melhor desenvolvimento, e feitos numerosos apuros de composição. O texto contido neste volume poderá ser considerado definitivo.

Entre os estudos e artigos dedicados a esta obra – cujo Prefácio logo tão alta e decisivamente consagrou o seu caráter e valor lusitanos –, convém recordar o magnífico ensaio de António Sardinha, em que a sua penetração, ao mesmo tempo crítica e lírica, descobriu novos elementos de identificação nacional. Este ensaio, publicado em dois números da revista *Nação Portuguesa,* será brevemente recolhido em um dos volumes póstumos do eminente camarada e amigo do autor. A reconstituição portuguesa do *Amadis* foi recebida com simpatia na Espanha pelos mais ilustres filólogos e críticos, como os Senhores Menéndez Pidal, Bonilla y San-Martin, D. Ramiro de Maeztu, D. José Maria de Cossío. Este último fidalgo literato, referindo-se às restituições do *Amadis* e da *Diana,* na *Revista de Ocidente* (nº XXVI), escreveu: "Bien tornados sean hoy à su noble vernáculo!".